1 2 5 6

Start

KB014687

우리는 아직
무엇이든 될 수 있다

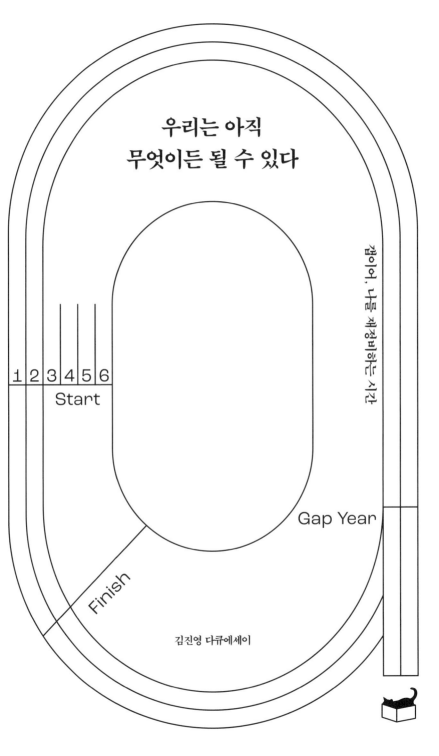

우리는 아직
무엇이든 될 수 있다

깨어서, 나를 재정비하는 시간

1 2 3 4 5 6
Start

Gap Year

Finish

김진영 다큐에세이

늘 여름날 같았던
일하는 마음에 겨울이 찾아왔다.

더 이상 예전처럼 일하기 어려워졌다.

나는 지금 내가 가고 싶었던 방향으로 가고 있나?
쉬어야 할까? 쉬어도 될까?
쉬면 어떻게 먹고살지?
다시 일할 수 없게 되면 어쩌지?
이렇게 살아도 되는 걸까?
나 이대로도 정말 괜찮은 걸까?

무서웠다.

일에서 보람을 느끼고,
성장하고 성취하는 기쁨으로 살던 삶이 끝났을까 봐.
내가 사랑하고, 스스로 자랑스러웠던 모습을
영영 되찾지 못할까 봐.

잠시 멈추어 일의 안부를,
나의 안부를 묻기로 했다.

일하는 사람들에게도 방학이 필요하지 않을까?

더 건강하게, 더 즐겁게 일하기 위해.

Gap Year

**트랙에서
내려오던
날**

내내 여름을 살던 사람이 겨울을 처음 맞는다면 할 수 있는 일이 아무것도 없는 것은 당연하다. 겨울에 익숙해지거나, 다시 봄이 오기를 기다려야 한다. 어떤 방향이든 시간이 필요하다.

Prologue.

늘 한여름 땡볕 같던 일하는 마음의 계절에 찬바람이 불고 겨울이 왔다. 처음엔 당혹스러웠다. '왜 더이상 불꽃이 일지 않지?' '일하는 마음이 차가울 수 있다니?' 세상에서 일이 주는 자극과 보람과 성취가 가장 좋았는데 스스로 생경할 만큼 불꽃이 꺼져버렸다. 그래도 뭔가 다시 할 수 있을 것 같은 마음과 아무것도 하고 싶지 않은 마음이 왔다 갔다 했다. 열정적인 동료들을 만나면 잠깐 불꽃이 옮겨붙었지만, 내 마음 밭에서는 금방 사그라졌다. 미팅에 가기 위해 겨우 몸을 움직일 때마다 살면서 한 번도 꺼지지 않았던, 늘 활활 타오르던 마음의 불꽃이 꺼진 것이 처절하게 느껴져 무서웠다. 이참에 그냥 쉬면 되지 않나 싶다가도 무엇보다 일하는 마음의 불꽃이 꺼졌다는 그 사실 자체가 나를 더욱 주저앉혔다. 내 인생에서 나의 믿을 구석은 오직 내 마음의 불꽃뿐이었는데. 대체 내게 왜 이런 일이 일어난 것일까.

몇 해 전 이직을 위한 인터뷰에서 "번아웃이 오면 어떤 식으로 해소하나요?"와 같은 질문을 받은 적이 있다. 그때 나는 퍽이나 당당하게도 "저는 일을 시작한 후로 번아웃을 겪은 적이 없어요. 그래서 사실 '번아웃'이 뭔지 모르겠어요. 이 일을 너무 좋아해서 아무리 달려도 지치지 않는 것이 제 장점이라고 생각해요"라고 말했다. 일이 빡세기로 소문난 스타트업이었지만, 함께 빡세게 일한 뒤의 성취가 더 달콤하다고 생각했던 시기였기에 아직 합류도 하지 않은 동료에게 번아웃 관리에 대해 질문하는 것이 이상했다. '대체 얼마나 일이 힘들길래?' 하는 생각과 '얼마나 버틸 수 있을지 시험하는 건가?' 하는 생각이 동시에 들었다. 실제로 오랫동안 나는 번아웃을 겪는 사람들, 일과 삶의 속도를 조절하려고 하는 사람들, 일의 방향과 의미에 대해 자주 번민하고 고민하는 사람들을 이해하지 못했다. 일을 덜 사랑하기 때문에 자꾸 생각이 많아지고 고민이 생긴다고 치부해버리곤 했다.

그랬던 나에게 무거운 번민과 어두운 의심이 몰려왔다. 일하는 마음의 불꽃이 '꺼진' 게 맞는지, 왜 꺼진 건지, 어떻게 하면 다시 불꽃이 붙는지, 꺼진 상태를 뭐라고 생각해야 하는지, 이 시간이 지나가기는 하는 건지, 내가 나아질 수는 있는 건지, '나아진다는 것'은 무엇에서 무엇으로 나아지는 건지.

10년을 쉬지 않고 달릴 수 있었던 것은 유년기와 학창 시절 끊임없이 구체화해온 '일'에 대한 나의 꿈과 이상이 있었기 때문이다. 10년 동안 일하면서 쌓아온 일의 의미와 목적, 나의 쓸모를 처음부터 다시 생각해야 했다. 질문도 답도, 제대로 할 수가 없었다. 내 상태를 스스로에게조차 설명할 수 있는 언어가 없었기 때문에 당연한 일이었다. 일을 계속 하기 위해서, 혹은 일을 계속 하기로 결정하기 위해서는 질문과 답을 찾아야 했다. 달리던 트랙에서 내려와야 했다. '트랙에서 내려오던' 날의 기분이 여전히 선명하다. 완주도 휴식도 아닌 중도 이탈로 끝나버릴 수도 있다는 생각에 더욱 괴로웠다.

트랙에서 내려오니 어디로도 갈 수 있었고, 어디로도 가지 않을 수 있었다. 여러 사람의 도움과 느리지만 분명한 학습으로 트랙 밖 시간을 어느 정도 지나왔다. 충분한 시간이 지나고 나서야 언어가 생겼고, 비로소 이름을 붙일 수 있었다. 이름을 붙인 뒤로는 방향과 속도를 설정하기가 한결 쉬워졌다. 그리고 내가 지나온 시간과, 그 시간을 지나는 동안 스스로에게 했던 질문들, 도저히 답을 찾을 수 없던 질문들, 심지어 내 질문이 무엇인지조차 알 수 없던 감정들을 다큐멘터리스트로서 기록했다.

Fin.

일러두기

Scene 1~6을 여는 에세이와 Insert Cut, 인터뷰 중 등장하는 각주*는 모두 김진영 작가의 글입니다.

갭이어 :

나를 재정비하는 시간

이 시간에
이름을
붙일 수 있다면

.

.

.

이직이 잦은 스타트업 업계, 프리랜서가 많은 콘텐츠 업계에서는 "요즘 뭐해?"라는 질문으로 서로의 안부를 주고받는다. 대체로 요즘 어디서 무슨 일을 하고 있냐는 뜻이다. 정말로 안부가 궁금하다면 "어떻게 지내니?"라고 물으면 될 것을.

번아웃의 절정에서 허우적거릴 때, 이 질문에 답변하기가 무척 어려웠다. 쉬고 있다고 이야기하면, 그 뒤를 따라붙는 질문이 많았다. 다음 회사를 찾는 과정에서 쉬고 있는 것인지, 창업을 준비하는 것인지, 프리랜서로 전향하기 위한 타이밍을 엿보고 있는 것인지. 구체적이고 뾰족한 질문들이 이어지곤 했다. 백수가 맞기는 한데, 백수라고 하기에는 뭔가 하고는 있으니 어딘가 억울했다. 그렇다고 프리랜서라고 하기에는 또 어딘가 쑥스러웠다. 이 애매함을 견디기가 힘들어서 서둘러 어디에든 소속되어야 하나 싶었다. 앞으로의 방향성을 모르겠는, 이 아무런 생산성이 없는 시간을 설명할 수 있는 언어가 없었다.

처음엔 그냥 일이 좀 지루해졌거니 생각했다. 예전만큼 동료들과의 회의가 신나지 않았고, 새로운 클라이언트와의 미팅이 설레지도 않았다. 무기력을 이겨내고 책상 앞에 앉는 것, 미팅에 가는 일이 점차 힘들어졌다. 이런저런 증상을 검색해보니 '번아웃'이라는 단어가 자주 나와서 내가 지금 번아웃이구나, 싶었다. 번아웃은 어떤 상황에서 경험하게 되는 것인지, 번아웃을 극복하려면 어떻게 해야 하는지 신뢰할 수 있는 정보를 찾기는 어려웠다. 며칠 일을 쉬어도 보고, 짧은 여행도 가봤지만 좀처럼 나아지지 않았다.

'나는 틀림없이 이 일을 잘 해내지 못할 거야. 내 평판을 무너뜨릴 것이고 결국 나는 망가질 거야' 같은 생각의 악순환에 자주 갇혔다. 두려움에 사로잡혀 한번 울음이 터지면 멈출 수가 없었다. 하루는 중요한 미팅을 위해 이동하던 택시 안에서 이런 생각의 악순환이 불현듯 시작되었고, 울음이 멎지 않아 결국 차를 돌려 집으로 와야 했다. 그리고 나는 하고 있던 거의 모든 일을 그만두었다.

나와 비슷한 경험을 한 선배의 도움으로 일주일에 두 번 심리상담을 받기 시작했다.* 지금 당장의 절망과 불안부터 일과 삶에 있어서 내 욕망의 본질까지. 상담 선생님과 함께 하나하나 들여다보았다. 당장의 번아웃과 우울증에서 회복하는 과정임과 동시에, 앞으로 더 건강하게 오래도록 좋아하는 일을 할 수 있는 근육을 키우는 과정이었다.

그즈음, 더 건강하게 일하기 위해 일을 잠깐 멈춘 사람들의 이야기를 담은 인터뷰집을 만들어보면 어떻겠냐는 제안을 받았다. 회사를 그만둔 이유, 이직이 아니라 쉼을 선택한 이유, 쉬면서 어떤 시간을 어떻게 보내고 있는지, 회사에서 벗어나 스스로와 일에 대해 어떤 관점을 갖게 되었는지 등을 담아보자고 했다.

---

* 번아웃과 우울/불안증 역시 신체적 질병과 같아서 치료를 받으면 나아진다. 다만, 처음에는 내 마음과 정신의 응급상황을 어디에 호소해야 하는지, 어디를 찾아가면 나아지는지 알지 못해 무척 괴로웠다. 인터넷에 '번아웃', '심리 상담 후기', '상담 추천', '우울증 치료' 등을 검색하면 나오는 결과는 이미 마음이 무너진 사람에게 전혀 도움이 되지 않았다. 검색 능력과 판단력도 건강할 때나 발휘된다는 걸 뒤늦게 깨달았다. 괴로움과 막막함이 무너진 마음에 공포심을 더했다. 돌아보면 심리 상담을 예약하기 바로 직전이 가장 암흑기였다. 지치고 힘들지만 그래도 마음이 최소한의 건강은 유지하고 있을 때, 주변 사람들 혹은 여러 경험담을 토대로 몇 개의 '119 리스트'를 갖고 있기를 추천한다. 마음에도 언제든 응급상황이 올 수 있다.

인터뷰를 준비하는 과정에서 갭이어gap year라는 개념을 만났다. 본래 갭이어는 유럽과 미국의 청년들이 대학교 입학 전, 혹은 취업 직전에 자원봉사나 인턴십, 혹은 배낭여행 등 짜인 트랙을 벗어나 나의 진짜 인생을 어떤 일을 하며 보낼지 모색해보는 시간을 뜻한다. 학생들이 인생의 다음 스테이지로 넘어가는 과정에서 모든 가능성을 열어두고 나와 세상과의 관계를 돌아보듯, 직장인들 역시 아무것도 정해지지 않고 무엇이든 될 수 있는 상황에서 커리어와 삶을 돌아보는 시간이 필요하지 않을까. 프리랜서도, 창업 준비의 시간도, 이직 준비의 시간도 아닌, 일과 삶에 대한 내 생각과 가치관에 집중하는 어떤 시간. 나부터 '앞으로의 방향성을 모르겠는, 이 아무런 생산성이 없는 시간'에 이름을 붙일 수 있겠다는 생각이 들었다. 이러한 시간에 이름이 있다면, 이 시간을 누구든 좀 더 자유롭게 쓸 수 있지 않을까.

인터뷰를 진행하며 다양한 모습으로 갭이어를 보내고 있는 사람들을 만났다. 다음 회사로 옮겨가기 전 잠시 쉬는 상황이 아닌, 내가 잘 살고 있는지, 내가 계획했던 방향으로 커리어와 삶을 잘 꾸려나가고 있는지 확인하기 위해 잠깐 트랙에서 내려오는 시간. 나를 둘러싸고 있는 것들로부터 물리적으로든 정신적으로든 거리감을 가지고 스스로를 되돌아볼 수 있는 시간. 타인의 삶의 속도와 방향에 치여 잃어버린 나의 중심을 회복하는 시간. 이렇게 다양한 모습을 띠지만 갭이어는 모두 일과 삶에서의 영점조절*을 위한 시간이라는 공통점이 있었다.

---

* 영점조절은 주로 사격에서 쓰이는 용어인데, 내가 가고자 하는 목표와 내 현재 위치 간의 미세한 조절을 말한다.

사실 우리는 이미 일터에서 여러 영점조절의 순간을 가진다. 프로젝트 회고, 주간 회고, 월별 혹은 분기별 회고 등은 모두 개인과 팀이 가고자 하는 방향으로 잘 가고 있는지 확인하고, 목표와 현 위치 간의 조절을 위한 장치이다. 일의 과정과 결과를 모두 잘 해내기 위해서 들이는 노력이다. 이러한 순간은 회사뿐만 아니라 개인의 커리어와 삶에도 필요하다. 그리고 갭이어가 하나의 방법이될 수 있지 않을까.

누군가가 봤을 때는 무의미한 시간처럼 보일 수 있다. 쉬고 있다고 하면 '실패하고 있구나, 벌이가 없구나, 무계획적이구나'라고 생각할까 봐 두렵기도 했다. 하지만 갭이어를 보내는 사람들은 모두 저마다 의미 있는 좌절, 의미 있는 성취, 의미 있는 성찰과 회고로 그 시간을 채우고 있었다. 생산성은 없지만, 생산적인 시간을 보내고 있었고 누군가가 봤을 때는 멈춰서 있지만, 저마다 자신만의 시간에서 각자의 분투를 하고 있었다. 그리고 우리 모두의 분투는 일터에서의 그것과 마찬가지로, 저마다 빛을 내고 있었다.

생산하지 않고도
살 수 있을까

?

?

?

커리어를 시작하고 10년 넘게 회사와 회사 사이, 프로그램과 프로그램 사이 잠깐 며칠 쉬는 것 외에는 생산을 멈춘 적이 없다. 그때는 멈추지 않아도 될 만큼 늘 일에서 에너지를 얻기도 했지만, 한편으로는 '쉬는 것' 자체에 두려움이 있었다.

나의 감이 녹슬지는 않을까?
시장에서, 동료들 사이에서, 나라는 존재가 잊히지는 않을까?
그래서 결국 도태되지는 않을까?
나는 콘텐츠를 만드는 일이 정말 좋고, 새로운 것을 기획하는 일이 무척 즐겁다. 이 일을 오랫동안 잘하고 싶고, 나아가 죽을 때까지 재미있는 것을 만들고 싶다. 그러려면 쉬어서는 안 되는 걸까?

Scene 1.

'더이상 일할 에너지가 나오지 않는' 번아웃 초기 증상을 겪고 있을 때 이런 두려움에 대해 한 동료와 이야기를 나누었다. 당시 그는 내게 이렇게 조언했다.

"본인에게 필요한 만큼 푹 쉬세요. 반년이 걸리든, 1년이 걸리든 잠깐 주변의 모든 것으로부터 떠나 있는 것도 좋아요. 생각보다 사람들은 우리에게 관심이 없어요."

"생각보다 사람들은 우리에게 관심이 없어요"라는 말에 웃음을 뿜어냈지만, 쓸쓸하기보다는 위로가 되었다. 실제로 그는 엔지니어에서 에디터로 커리어를 전환하기 전 1년간 쉬며 모터사이클로 유라시아를 횡단했다. 그 나이대 그 연차의 직장인이 선택하기 쉽지 않은 쉼이었다. 커리어의 다음을 모색하기 위한 전략적 쉼이 아니라 정말로 하고 싶은 일을 하기 위한 쉼이었는데 결과적으로는 그 갭이어가 다음 커리어에도 긍정적인 영향을 주었다.

동료의 위로 섞인 조언에도 불구하고 처음부터 완전한 쉼을 가지기란 쉽지 않았다. 콘텐츠를 보고 듣고 경험하는 것이 취미인 동시에 일이기도 한 콘텐츠 기획자에게 일하는 것과 쉬는 것의 구별은 거의 불가능했다. 책을 보면 책을 보는 대로, TV를 보면 TV를 보는 대로 콘텐츠 아이디어가 떠올랐다. 그럼 뭐라도 해볼까 싶다가도 금방 불꽃이 사그라들곤 했다. 나영석 PD가 <1박 2일>을 그만두고 공백기를 가지며 썼던 책『나영석 피디의 어차피 레이스는 길다』나 고레에다 히로카즈 감독의 『영화를 찍으며 생각한 것들』 등을 읽으며 엔진에 기름을 부어보려 했지만, 예전처럼 잘 타오르지 않았다. 돌아보면 이런 부정적인 감정의 반복이 번아웃을 더 가속화한 것 같다.

기획의 감이 녹슬지 않도록 매일 새로운 것을 찾아 헤매며 영감을 수집하고 아이디어를 갈고닦듯이, 쉼의 감각도 일상의 루틴으로 만들기 위한 최소한의 노력이 필요하다. 처음에는 쉼의 감각이 무엇인지 아는 것조차 쉽지 않았다. 쉬어본 적이 없으니까. 일과 쉼의 흐릿한 경계에서, 쉰다고 착각하며 일해온 무수한 세월에서 빠져나와 나를 생경한 환경에 놓을 필요도 있다.

어떤 날에는 책방을 둘러볼 때 표지나 저자소개, 목차 등을 찍지 않기 위해 핸드폰을 가방에서 꺼내지 않는 노력을 해보기도 했다. 생산자가 아닌 순수한 독자의 감각으로 보기 위해서였다. 또 어떤 날에는 '언젠가 레퍼런스가 될 만한' 다큐멘터리를 보기보다 한바탕 깔깔깔 웃을 수 있는 콘텐츠에 더 많은 시간을 쓰기도 했다. 그리고 정말로, 콘텐츠를 보는 것이 내게 100퍼센트의 쉼을 주는지 예민하게 느껴보려 했다. 아예 일과 무관하게 산책이나 몸을 움직이며 보내는 시간도 좋았다. 이때 그 시간을 방해받지 않기 위해 그 어떤 콘텐츠 아이디어도 떠올리지 않으려는 노력이 조금은 필요했다. 급기야 모든 일을 멈추고, 모든 생산을 강제로 멈춰보기도 했다. 그래도 세상은 끝나지 않았다.

일과 쉼의 경계가 흐릿한 영역일수록 더욱 힘을 빼야 했다. 아이디어의 바닷속에서 '될 것 같은' 기획의 감을 포착하듯 쉼의 감각도 포착할 수 있다. 소비자들이 좋아하는 콘텐츠가 무엇인지 찾듯, 제작자/생산자/기획자로서의 내가 아닌 사적인 내가 좋아하는 일이 무엇인지도 찾을 수 있다. 그렇게 발견한 쉼의 감각을 일상의 루틴으로 만든다. 매일의 노력으로 기획의 감각을 뾰족하게 유지하듯 쉼의 감각을 놓치지 않고자 했다. 일의 감각과 쉼의 감각의 균형을 자유롭게 조절할 수 있을 때 그제야 비로소 기획하는 일을, 콘텐츠 만드는 일을 오랫동안, 건강하게, 죽을 때까지 해낼 수 있지 않을까.

드라마 프로듀서
이다솜은
2년 전 봄,
넥스트 스텝을
정해놓지 않고
회사를 그만두었다

.

.

.

이미 퇴사를 결정하기 1년 전부터 일의 의미와 방향을 잃고 헤매었지만, 연달아 이어지는 프로젝트에 대한 책임감 때문에 선뜻 퇴사를 마음먹기가 어려웠다. 드라마 기획과 제작 일은 그가 어릴 적부터 꿈꾸던 직업이었다. 결국 건강이 악화되어 쉬지 않으면 안 될 상태에서 내몰리듯 회사를 나왔다.

　　갭이어를 시작하고 처음에는 자신을 돌보는 방법을 전혀 몰라서, 쉬는 방법을 돈 주고 배워야 할 정도였다. 1년 반의 갭이어를 보내며 정말 사랑했던 일의 어떤 요소가 그토록 좋았던 건지, 그리고 그 일이 또 왜 고통스러웠는지, 몸이 망가질 정도로 나를 돌보지 못했던 원인은 무엇이었는지 조금씩 깨달아갔다.

기획하는 일의 기쁨과 슬픔에 대해 그와 한참 이야기를 나누었다. 갭이어 과정을 듣고 있자니 일을 일로서만 하지 않는, 일과 삶을 분리하지 않고 자신을 갈아 넣는 콘텐츠 기획자의 삶이 낯설지 않았다. 지속적으로 건강하게 일하는 것의 중요함, 이를 위해 일과 삶을 분리하는 방법, 일상에서도 작은 성취감을 얻을 수 있도록 환경을 만드는 방법 등에 대해 이야기를 나누었다.

최근 그는 다시 드라마 프로듀서 일에 복귀했다. 이전보다 좀 더 다양한 방식으로 콘텐츠를 기획할 수 있어서 훨씬 즐겁게 일하고 있다고 한다.

Start.

다시 일을 시작하니까 좀 어떠세요.

아직은 재미있어요. 다시 시작한 지 얼마 안 되기도 했고, 함께 일하는 동료들이 좋아서 점점 잘하고 싶은 마음도 생겨요. 이런 마음이 제게 다시 생긴 것 자체가 정말 좋아요. 의무적으로 잘해야 한다는 마음이 아닌, 자발적으로 잘하고 싶다는 생각이 드는 게 오랜만이라 신기하기도 하고요.

2년 전에 퇴사하셨어요. 퇴사할 당시의 이유나 계기가 기억나나요?

정말 오래 고민했어요. 어쩌면 고민이 아니라 선택을 못 했던 것 같기도 해요. 저는 영상을 전공했어요. 스물다섯 살에 졸업하고 바로 드라마 제작사에 입사했고요. 모두 제가 선택한 거였어요. 드라마를 할지, 영화를 할지, 연출자가 될지, 작가가 될지, 고민도 많이 했고 여러 곳에서 인턴도 했어요. 여러 갈래의 길 중 드라마 제작이라는 직무로 좁혀갔던 것이지 이 분야에 대한 생각이 흔들렸던 적은 없어요. 그런데 막상 드라마 제작사에 입사해서 기획 일을 해보니 한 작품을 하는 데 기본이 1년 이상이고, 2년 이상 해야 하는 경우도 굉장히 많더라고요. 성과가 빨리 안 나왔어요. 그러다 보니 어디서 내가 일의 성취감을 얻어야 하는지 혼란스러워지기 시작했고요. 게다가 제 역할은 드라마 프로듀서였는데, 작품이 끝나도 작가나 감독에 비해 성과를 파악하기가 어렵거든요. 스스로 오래 고민하고 결정한 일이었는데 막상 본격적으로 일을 해보니 제가 행복하지 않은 거예요.

오래도록 꿈꾸었던 일을 비로소 하게 된 것인데, 왜 행복하지 않았을까요?

작품을 해나갈수록 제 연차에 비해 더 많은 역할과 책임은 주어졌는데, 제가 일의 보람을 얻을 방법은 좀처럼 찾지 못했어요. 어느새 이 일을 오랫동안 꿈꾸고 좋아해온 마음은 사라지고, 역할과 책임만 커진 상태가 되더라고요. 일을 미루거나 피하는 건 책임감 때문에 견딜 수가 없었고요. (웃음) 정작 나 스스로는 내 삶에서 소외된 것 같아서,* 정말 이렇게 살면 안 되겠다 싶은데 퇴사는 도저히 못 하겠더라고요.

---

* 내 번아웃의 많은 부분이 일을 단순한 일로서 받아들이지 못하기 때문이었다. 일을 과도하게 사랑했고, 심지어 이 일이 아니고서는 내 삶의 의미가 없다고 생각했다. 여러 상황으로 인해 일이 잘 안 풀릴 때는 마치 일생일대의 사랑이 잘 안 풀리는 것처럼 끙끙 앓았다.

"문제는 일에 너무 많은 의미를 쏟아 넣으며 자신과 동일시하는 것이 아니다. 일의 무엇에 의미를 부여하는지, 일의 무엇과 자신을 동일시하는지다. (…) 마음껏 사랑할 것, 그러나 객관성을 잃지 않을 것, 그 일이 아니더라도 어디서건 의미 있는 일을 또 찾을 수 있다고 믿을 것, 일의 성패가 당신의 가치를 말한다고 착각하지 않을 것."
　　　　　　　- 제현주 지음, 『내리막 세상에서 일하는 노마드를 위한 안내서』(어크로스)

일하는 사람에게 여러 가지 밸런스가 필요하다는 것을 이 책을 읽고 깨달았다. 일과 삶의 균형, 좋아하는 일과 잘하는 일의 균형, 하고 싶은 일과 해야 하는 일의 균형, 혼자 하는 일과 함께 하는 일의 균형, 애를 쓰는 일과 날로 먹는 일의 균형, 잘하고 싶은 마음과 어느 정도 포기하는 마음의 균형. 이러한 균형들이 좋아하는 일을 오래도록 할 수 있는 몸과 마음의 건강을 만든다.

일이 아무리 힘들어도 퇴사를 선택하지 못했던 이유가 그 분야에서 정말 오랫동안 일하고 싶어했던 마음 때문이었나요, 아니면 일에 대한 책임감 때문이었나요?

두 가지 다였던 것 같아요. 맡은 프로젝트를 도중에 그만둘 수 없었고, 너무 오래 꿈꿔왔던 일이다 보니 저 자신과 일을 분리할 수가 없었어요. 그래서 한동안 일의 의미나 성취감을 아예 생각하지 않고 일만 했어요. 생각을 덜하고 일 자체에 몰두할 때는 또 즐거웠어요. 이야기를 어떻게 풀어가야 할지, 제작 과정에서의 문제를 어떻게 해결해야 좋을지, 동료들과 머리를 맞대고 고민하는 그 순간만큼은 늘 즐거웠어요.

드라마 현장에서 메인 프로듀서는 제작 현장에서 일어나는 돈, 지출과 관련된 일을 다 맡아서 해요. 아직 충분한 경력이나 경험도 없고, 일에 대한 성취감과 목표의 기준도 뚜렷하게 세워지지 않은 상태에서 역할과 책임만 더욱 커졌어요. 과부하가 온 거죠. 급박하게 돌아가는 현장에서 실수하지 않기 위해 늘 긴장 상태였어요. 누군가에게 도움을 요청할 수 있는 상황도 아니었고요. 압박감이 너무 컸고, 하루하루를 겨우 버텼어요.

일에서 오는 즐거움은 사라지고 너무 괴로웠겠어요. 앞뒤가 모두 막힌 상황이라고 느껴졌을 것 같아요.

맞아요. 그러던 중 제 머리를 크게 때리는 일이 있었어요. 비 오는 중에 장례식 장면을 찍어야 하는 날이었어요. 한창 촬영 중인데 촬영팀에서 한 분이 쓰러졌다고 하는 거예요. 장례식장 비용처리도 해야 하고, 다음 촬영 장소로 이동도 해야 하는데 당시 담당자가 저뿐이어서 제가 그분을 응급실에 모시고 가려니 동선도 꼬이고 상황이 복잡했어요. 응급실에 갔더니 간호사가 "보호자분, 이쪽으로 오세요"라고 하는 거예요. 순간 "저요?"라고 되물었죠. 침대 옆에 앉아 그분이 링거 맞는 것을 멍하니 바라보고 있는데 제게 갑자기 죄송하다고 하면서 우시더라고요. 순간 내가 지금 뭔가 중요한 걸 놓치고 있었던 게 아닌가 싶었어요. 나는 형식적인 인사만 나누던 분의 보호자가 되어 응급실에 와 있고, 그 순간에도 제 머릿속에는 이분의 안전보다 응급실 비용처리를 어떻게 할지, 회사에 뭐라고 보고할지, 제작 비용을 줄이려면 어떻게 해야 할지 같은 생각만 가득했어요. 내가 이 일을 잘 해내고 잘 버티려면 결국 일의 의미를 생각하고 마음의 울타리를 세우지 않으면 안 되는 순간이 온 거죠.

이 일이 내게 맞나 하는 생각뿐만 아니라, 이렇게 사는 게 맞나 하는 고민까지 하게 되었을 것 같아요. 응급실 사건이 퇴사의 결정적 이유였나요?

아뇨, 이때도 저는 퇴사하지 못했어요. (웃음) 이 일이 아닌 다른 일을 내가 할 수 있을지, 다른 일을 하면 일의 의미를 찾고 성취감을 얻을 수 있을지 확신이 없었어요. 오랫동안 꿈꿔왔던 일이었고, 또 다 알아보고 시작한 일이었는데도 현실은 다르다는 걸 받아들이는 게 정말 힘들었어요. 일을 문제없이 해내는 것이 전부가 아니구나, 이야기를 기획하는 일을 즐거워하는 것이 전부가 아니구나.

결국 이런 정신적인 면이 몸에도 영향을 미쳤는지 몸에 이상이 왔고, 정말 쉬지 않으면 안 되는 상태가 되었어요. 그러고 나서야 일을 그만뒀어요. 당시 일기를 보면 '손발이 잘린 느낌'이라고 적혀 있어요. 그만둘 수밖에 없는 상황이 무척 슬펐죠. 홀가분하게 퇴사한 게 아니었어요.

사전 인터뷰에서 퇴사 후 가장 잘한 일 중 하나가 '아무것도 생산하지 않는 시간'을 보낸 것이라는 답변이 인상적이었어요. 저는 아무것도 하지 않는 시간을 보내는 게 무척 어렵더라고요. 어딘가 두렵달까요. 뭘 해도 금세 지치고 동력이 사라지는 상태인데도 아무것도 생산하지 않는 시간이 무척 불안했거든요.

생산하지 않는 삶을 살아보지 않아서 그런 건 아닐까요? 저도 처음에는 당연히 못 했죠. (웃음) 저는 뭐든 계획과 이유가 꼭 필요한 사람이어서 퇴사를 고민하는 동안에도 『퇴사하겠습니다』라는 책을 몇 번이나 밑줄까지 쳐가며 읽었어요. 내 퇴사를 결정 내려줄 이유가 혹시 책 속에 있을까 싶어서요. 아무리 책을 읽고 여행을 가도 어떻게 해야 나에게 쉼을 줄 수 있는지 모르겠더라고요. 그래서 심지어 퇴사하자마자 '쉬는 방법'을 배우러 갔어요. 나 자신에게 주는 퇴사 선물로요.

유료였나요?

네, 제주도에서 3박 4일 동안 진행하는 단기 캠프 프로 그램이었는데 100만 원 정도 했어요. 쉬는 걸 배우기 위해 정말 아낌없이 돈을 썼어요. 그만큼 간절했어요. 쉬는 방법을 찾지 못하면 퇴사한 의미가 없을 것 같았거든요.

쉬는 방법을 어떤 식으로 배웠어요? 도움이 좀 되던가요?

당시에는 내가 지금 쉬는 걸 배우고 있는지도 잘 몰랐어요. 쉬는 게 뭔지 아예 몰랐으니까요. 처음으로 3박 4일 동안 아무것도 안 해봤던 것 같아요. 프로그램 자체가 아무것도 안 하는 일정이었거든요. 하루 종일 각자 시간을 갖고 저녁에만 모여서 나눠주는 질문에 답변하고, 이야기하고, 건강한 음식 먹고. 그냥 그렇게 보냈어요.

짧은 기간이었지만 그때의 감각으로 이후에도 '아무것도 하지 않는 시간'을 가질 수 있었어요. 제일 먼저 했던 게 봐야 했던 영화와 드라마를 아무것도 안 봤어요. 내가 좋아했던 일, 하고 싶었던 일의 의미가 왜 없어졌을까 생각해보니 전부 의무가 되었기 때문인 것 같았어요. 무엇이든 작품의 레퍼런스로 보게 되고, 취향이 아니어도 봐야하고, 늘 분석하게 되고. 순수한 재미를 잃고 즐기는 방법을 까먹었더라고요.

내가 좋아했던 일, 하고 싶었던 일의 의미가 왜 없어졌을까 생각해보니 전부 의무가 되었기 때문인 것 같았어요. 순수한 재미를 잃고 즐기는 방법을 까먹었더라고요.

캠프에 다녀온 이후 오랫동안 해왔던 콘텐츠 보는 습관을 멈춰볼 수 있었어요. 드라마를 보는 대신 책을 읽고, 커피를 내려 마시고, 내 손으로 음식을 만들어 먹고요. 일어나서 뭔가 하고 싶으면 하고, 안 하고 싶으면 안 하고. 그런 쉼의 감각을 몸에 익혀갔어요.[*]

[*] 일과 삶의 간격이 가까울수록, 단지 일이 힘들어졌을 뿐인데 마치 삶이 무너진 것 같은 착시 효과에 시달렸다. 일에서 벗어나 내가 두 발을 딛고 있는 세계, 나를 이루고 있는 세계가 꽤 단단하다는 것을 느낄 때 자유로웠다.

"걷는다는 것은 잠시 동안 혹은 오랫동안 자신의 몸으로 사는 것이다. 숲이나 길, 혹은 오솔길에 몸을 맡기고 걷는다고 해서 무질서한 세상이 지워주는 늘어만 가는 의무들을 면제받는 것은 아니지만 그 덕분에 숨을 가다듬고 전신의 감각들을 예리하게 갈고 호기심을 새로이 할 수 있는 기회를 얻게 된다. 걷는다는 것은 대개 자신을 한곳에 집중하기 위하여 에돌아가는 것을 뜻한다."
— 다비드 르 브르통 지음, 김화영 옮김, 『걷기 예찬』(현대문학)

오랜 친구들을 만나 사소한 삶에 대해 이야기 나누거나, 자연을 향해 충분히 걷거나, 동네 빵집에서 맛있는 빵을 사 먹거나, 막 태어난 길고양이를 하염없이 지켜보거나. 이 모든 것을 인증하지 않을 때, 인사이트를 뽑아내지 않을 때, SNS와 일과 트렌드에서 벗어나 내 두 발로 걷고, 먹고, 숨 쉬고, 만지는 일차원적인 감각이 나를 자유롭게 해줬다.

나를 돌보며 쉬는 것과, 삶을 놓아버린 듯 아무것도 안 하는 것은 좀 다른 것 같아요. 저도 하루 종일 밥도 안 먹고 잠도 대충 자면서 넷플릭스만 본 적이 있거든요. 딱히 재밌어서, 의지를 갖고 정주행한 것도 아니고요.

맞아요. 저는 좀 더 적극적으로 회복하고 싶어서 심리상담도 받았어요. 그동안 나를 너무 배려하지 못하고 살았던 것은 아닌가 싶었거든요.* 그때 내가 배려하지 못했던 게 내 생활뿐만이 아니었다는 걸 깨달았어요. 일할 때도 프로듀서로서 여러 사람의 상황을 돌봐주고 이해관계를 조율하는 것에 매몰되어 있었어요. 작가가 하고 싶은 말이 무엇인지 듣고, 어떻게 전달하면 좋을지 이끌어주기만 했죠. 나도 사실은 이야기를 쓰고 싶은 사람인데 에디팅을 하면서 제 관점을 넣기도 하니까 글을 쓰고 있다고, 나도 내 이야기를 쓰고 있다고 착각한 거예요.

---

* 나 역시 번아웃과 우울증이 심했을 때 전문가의 도움을 받았다. 누가 시킨 것도 아닌데 늘 나보다 일을 중요시하고, 나보다 내가 아닌 다른 존재들의 존엄을 중요시하다 보면 정작 나를 소중히 여겨야겠다는 생각이 들어도 어떻게 해야 할지 알기 어렵다. 심리상담으로 하루아침에 번아웃과 우울증이 해결되는 것은 아니지만, 내 안의 목소리를 듣는 법, 나를 배려하는 방법, 내가 건강할 수 있는 적정속도를 찾는 법 등을 배웠다.

"하지만 내가 조금 아파서, 혹은 당연했던 일상의 모습에 물음표가 생겨서 조금 속도를 늦추면 확 느껴져요. 그동안 내가 얼마나 빨리 달려왔는지가요."
— 김지언, 노영은 지음, 『마음도 운동이 필요해』(휴머니스트)

쉬면서도 계속 마음 한켠으로는 조급함도 있었어요. 일이나 삶의 의미와 방향을 찾아야 한다는 강박도 있었고요. 매일 산책하고, 글 쓰고, 운동하고. 소소하게 생활을 돌보는 루틴으로 균형을 잡으려고 노력했어요.

쉬는 동안에도 마음 한켠에 자리 잡은 조급함은, 방향을 헤매느라 내가 정해놓은 커리어 목표에 도달하지 못하고 있는 나에 대한 일종의 조급함이었을까요?

이상적인 나, 좋아하는 일을 하고 있고, 열심히 잘하는 나, 그동안 그려왔던 30대의 내 모습이 아닌 것에 대한 조급함이었던 것 같아요.

그런데 결국은 원래 하던 일과 비슷한 일로 돌아갔잖아요. 다시 드라마 기획을 하기로 마음먹은 계기가 있나요?

쉬는 동안 드라마 프로듀서 스쿨에서 멘토링을 한 적이 있어요. 예전에 같이 극작법 수업을 듣던 친구에게서 한 번 해보면 어떻겠냐고 제안을 받은 거였어요. 처음엔 경력이 단절된 상태라서 누굴 가르칠 자격이 되는지 모르겠다고 거절했어요. 그래도 일단 한번 해보라고, 할 수 있다고 너무 긍정적으로 말하길래 절반은 될 대로 되라는 마음으로 시작했죠. 근데 생각보다 장난이 아닌 거예요. 가볍게 할 수 있는 일이 아닌 것 같았어요. 첫 수업에서 프로듀서가 되고 싶어하는 수강생들의 초심과 간절함을 마주했을 때 여러모로 정말 크게 와닿았어요.

오랫동안 품어온 꿈일수록 끝내 성취하지 못했을 때의 열병은 비교할 수 없을 만큼 크다.

**동시에 맨 처음 일을 시작했을 때의 마음, 초심*도 떠올랐을 것
같아요.**

맞아요. 수강생들의 마음을 제가 너무 잘 알겠는 거예요.
도와드릴 수 있는 뭔가가 있을 것 같았어요. 진심으로 이
분들이 모두 꿈을 이뤘으면 하는 마음으로 멘토링을 했
어요. 프로그램 초반에 1년 넘게 갭이어를 가지고 있다고
솔직하게 말했고요. 프로듀서 일을 못 해도, 안 해도 괜찮
다고. 그 일이 삶의 전부는 아니라고.* 각자의 잠재력을
열어두었으면 좋겠다는 뜻에서 한 말이었어요.

---

* 사랑하는 일과 직업이 늘 같을 수는 없다. 빠르게 변화하고 흘러가는 시대적 환경에서
많은 직업이 생기고 또 소멸된다. 어릴 적 내가 만들고 싶었던 것을 사람들이 더이상 보지
않기도 하고, 내가 존경했던 선배들이 더이상 크게 존경받지 않기도 한다. 오랫동안 품어
온 꿈일수록 끝내 성취하지 못했을 때의 열병은 비교할 수 없을 만큼 크다.
히가시무라 아키코의 『그리고, 또 그리고』라는 만화책에는 그림을 그리는 일과 그림으로
먹고사는 일 사이에서 자주 번민하는 주인공의 사연이 나온다. 책의 후반부에서 자신을
그림의 길로 이끈 스승을 회상하다가 '그리는 삶'의 본질을 깨닫는 장면은 겨울 같던 나
의 일하는 마음에 커다란 불씨를 건네주었다. 그는 "그림을 그린다는 행위에 구원을 받
았다"라고 하며, 언제부터인가 그림을 그리는 것이 습관이 되어서 괴로울 때도 그림을 그
리고 있으면 그럭저럭 스스로를 지탱할 수 있다는 걸 알게 됐다고 했다. 그리하여 재능
이 있든 없든 그릴 수밖에 없다며 "그림을 그리는 사람은 모두 그러기 위해 태어났다"고.
마음속 깊이 사랑하는 일이 있는 사람은 모두 그럴 것이다. 재능이 있든 없든 계속 하는
수밖에. 그저 쓰고, 찍고, 만드는 일이 언젠가 나를 구원하리라고 믿을 수밖에.

수강생들에게 한 말이 꼭 자신에게 하는 말 같아요.

멘토링을 하면서 얻은 게 두 가지인데요. 하나는 방금 말씀하신 것처럼 내 초심을 다시 발견하고, 그 초심에게* 이 일이 삶의 전부가 아니라고 말할 수 있게 된 것. 그리고 또 하나는 그동안 해온 일이 결코 쓸모없지 않다는 것을 깨달았어요. 일에 매몰되어 살고 있다고 생각했고, 방향을 잃은 것만 같았는데 쌓아온 시간이 누군가에게는 도움이 될 수 있다는 게 정말 큰 위로였어요. 그리고 늘 혼자서만 고군분투하고 애쓰며 일해왔다고 생각했는데, 커리어의 순간순간에 내게도 이런 영감을 줬던 만남들이 있었겠구나 싶었어요. 제 일을 다시 처음부터 바라볼 수 있게 해준 가장 큰 계기였어요.

[*] 연차가 쌓이고 일이 더이상 이벤트가 아닌 매일의 일상이 되더라도, 어떤 스위치가 반짝하고 켜지면 내가 하는 일이 다시 새삼 특별하게 느껴질 때가 있다. 첫 출근하던 날의 공기, 맨 처음 내가 이 일을 잘할 수 있을 것 같다고 느꼈던 순간의 기억, 맨 처음 이 일을 평생 할 수도 있을 것 같다고 느꼈던 날의 기분을 상기시켜주는 그런 스위치들. 마음이 건강할 때 나만 아는 나의 스위치를 많이 만들어두는 것이 좋다. 그럼에도 그 모든 것이 아무 도움이 되지 않는 시간이 번아웃이기는 하지만. 나에게는 노희경 작가가 쓴 드라마 〈그들이 사는 세상〉이나 인터뷰집 『데뷔의 순간』이 꽤 강력한 스위치다.

가장 순수하고 열정적으로 일을 사랑했던 첫 회사 동료들, 선배들의 이야기와 많이 닮은 〈그들이 사는 세상〉을 매년 정주행하는 것으로 나만의 의식을 가진다. 나는 왜 이 일을 하고 싶었는지, 왜 이 일이 좋았는지, 나는 어떤 동료들과 어떻게 일할 때 행복했는지 시간이 흘러 흐려지는 기억과 감정을 다시금 선명하게 해준다. 그저 16시간짜리 드라마를 보는 것이 아니라 아니라 켜켜이 쌓아온 내 일의 기쁨과 슬픔을 돌아보게 한다.

또는 타인의 절절한 초심을 읽으며 내 초심을 되새긴다. 영화감독 17인의 데뷔를 위한 분투기 『데뷔의 순간』은 읽을 때마다 같은 대목에서 여전히 가슴이 벌렁거린다. 예전엔 무슨 말인지 몰랐던 문장에 머리를 맞기도 한다. 책이 출간되었던 때보다 더 대단해진 사람도 있고, 여전히 묵묵히 자기의 길을 걷고 있는 사람도 있는데 둘 다 그것대로 좋다. 시간이 기록의 가치를 더해준 것 같아 더욱 감동하게 된다. 어떤 분투는 영원히 빛이 난다.

일에 대한 첫사랑, 첫 마음을 회복할 수 있게 해주는 문장들이나 누군가가 건넨 위로의 말들을 작은 노트에 차곡차곡 쌓아두는데 효과가 좋다. 위로에는 꽤 긴 생명력이 있어서 시간이 지난 뒤에 다시 들춰 보아도 그때 느꼈던 감정이 되살아난다.

그간 해온 일을 말이나 글로 풀어 쓸 때 좀 더 정리되고 객관화되기도 하죠. 멘토링이나 강의를 하려면 현장에서 몸으로 체화하고 터득한 노하우도 타인이 이해할 수 있는 방식으로 설명할 수 있어야 하잖아요.

맞아요. 그리고 멘토링을 하면서 업계 상황을 좀 더 거시적으로 볼 수 있게 된 것도 있어요. 예전에는 이 업계에서 일하는 선배들을 보면 큰 작품 하다가 잘되면 제작사 차리고, 그 제작사를 성공시키려고 노력하는 커리어 패스밖에 안 보였어요. 드라마를 기획하는 일은 재미있지만 제작사를 차리고 싶은 것은 아닌데, 다른 선택지는 더 없는 건가 답답했죠.

그리고 갭이어 중 프리랜서로 브랜드 콘텐츠 에디팅 일을 하면서 드라마 기획 일이 다른 일로도 확장될 수 있다는 것을 알게 되었어요. 캐릭터를 이해하고 서사를 만드는 과정은 드라마뿐만 아니라 브랜딩, 커뮤니티 빌딩 등에도 쓰이거든요. 제 커리어를 위해서라기보다 갭이어 시간을 조금 더 오래 갖고 싶어서. 드라마 기획서가 아닌 다른 글도 써보고 싶어서 프로젝트성으로 했던 일들인데 제 일의 본질을 돌아보는 데에 도움이 많이 되었어요. 내가 잘하고, 앞으로 더 잘하고 싶은 일도 꼭 드라마가 아니라 '기획하는 일'이라는 것을 알게 되었고요. 또 프리랜서로 했던 일들은 성과가 단기간에 나타나니까 스스로에게 지속적으로 작은 성취감을 줄 수 있었던 것도 좋은 경험이었어요.

새로운 회사를 선택할 때, 갭이어 이전과는 선택의 기준이 달라지던가요?

이전 회사에 들어갈 때는 이 일이 너무 좋고 일에 확신이 더 강했다면, 이번에는 좀 편한 마음으로 입사했어요. '내가 잘할 수도 있고, 못할 수도 있다.' 과거에는 확신이 너무 강했기 때문에 방향을 잃었을 때 더 크게 흔들렸던 것 같아요. 그리고 마침 영화와 드라마, 그리고 콘텐츠의 경계가 흐려지고 있는 업계 상황이 제게 더 큰 가능성을 보게 해주었어요. 실제로 지금은 영화사의 드라마 기획을 담당하고 있는데, 회사에서 드라마의 형식과 내용에 제한을 크게 두지 않아요. 기존의 제작방식인 16부작 드라마가 아니라 8부작이나 30분짜리 드라마처럼 비교적 형식의 규제가 적은 작품을 만들 수도 있어요. 대중들과 소통하는 콘텐츠를 기획해볼 수도 있고요. 예전에는 이런 불확실한 환경에서 오는 스트레스가 컸는데 지금은 이 불확실성이 저를 더 자유롭게 해줘요. 무엇이든 새롭게 시도할 수 있고, 배우고 경험해볼 수 있겠다고요.

예전에는 불확실한 환경에서 오는 스트레스가 컸는데 지금은 이 불확실성이 저를 더 자유롭게 해줘요. 무엇이든 새롭게 시도할 수 있고, 배우고 경험해볼 수 있겠다고요.

무엇이 우리를 계속 자유롭게 해줄 수 있을까요?

쉬는 동안 체득한 루틴을 유지하려고 많이 노력하고 있어요. 일에 나를 전부 투신하지 않으려고 하고요. 저는 드라마와 영화를 소비자로서 보는 것도 무척 좋아했기 때문에 제 일을 더 사랑했어요. 일과 삶의 분리가 안 되었기 때문에 일의 방향성을 잃었을 때 삶이 흔들렸다고 생각해요. 요즘은 일과 삶을 분리하려고 노력하고 있습니다. 그래도 일을 충분히 잘 해낼 수 있어요. (웃음)

그리고 예전에는 일의 결과가 제 삶의 모든 성취를 좌우했어요. 프로젝트가 너무 길거나 내가 드러나지 않으면 성취감이 떨어졌고요. 요즘은 작은 일에도 스스로 성취감을 느낄 수 있도록 일의 단위를 잘게 쪼개서 처리하고, 내가 권한을 가진 일의 범위 안에서만 스스로를 평가해요. 예를 들면, '기획안 1차 피드백' 이런 식으로요. 이번 피드백으로 작가님의 글이 좋아졌으면 저의 일은 성공한 거예요. 일로 쓰는 글 외에 개인으로서 글을 쓰는 것도 도움이 많이 되고요.

나에게 갭이어가 필요한지 어떻게 알 수 있을까요?

사람마다 다를 것 같아요. 다만 '갭이어를 가져야 할까?' 하는 고민을 진지하게 할 정도라면 추천하고 싶어요. 갭이어를 가져야 하나 말아야 하나의 문제가 아니라 그런 고민이 들었다는 것 자체가 어떤 모멘텀이라고 생각해요. 그 마음을 살필 시간은 꼭 필요한 것 같아요. 마음을 살피는 방법 중 하나가 갭이어라고 생각하고요. 물론 회사를 계속 다니면서 살필 수도 있고요. 저 역시 이후에도 또 갭이어를 가질 수 있을 것 같아요.

언젠가 다시 갭이어를 선택하게 될까요?

처음 갭이어를 가질 때와 비슷하지 않을까요? 갭이어를 한 번 가져봤다고 해서 앞으로 일할 때 늘 내 마음과 몸을 내 뜻대로 할 수 있는 것은 아닐 거라 생각해요. 하지만 좀 더 빨리 캐치할 수 있겠죠. 몸과 마음이 완전히 망가지기 전에. 예전에는 미루고 미뤄서 결국 문제가 터질 때까지 곪은 뒤에야 선택했다면, 이제는 좀 더 빨리 알아채고 판단할 수 있을 것 같아요. 멈춰서 해야 할 일인지 유지하면서 할 수 있는 정도인지 가늠할 수 있어요.

필요할 때 나에게 갭이어를 처방하는 거네요.

언젠가 책에서 읽은 건데, 일의 개념 안에는 일하는 시간과 휴식의 시간이 모두 포함되어 있어야 한대요. 갭이어를 보내면서 나를 쉬게 하는 방법을 배웠고, 다시 일할 수 있겠다는 생각이 들었어요. 덕분에 지속가능하게 일하는 삶을 생각해볼 수 있었고요.

회사로 돌아가고 나니 갭이어 중에 못 해봐서 아쉬운 것도 있나요?

일상의 루틴이 생기기 시작하면서, 의무감이나 책임감에서 벗어나 나를 돌보는 시간이 정말 좋았어요. 그 시간을 한 달이라도 늘리고 싶어서 돈을 아끼려고 여행도 안 갔거든요. 미루다가 이렇게 팬데믹 상황이 올 줄도 몰랐고, 제가 다시 회사에 복귀하게 될 줄도 몰랐죠. (웃음) 그때 돈 아끼지 말고 다녀올걸 하는 생각이 가장 많이 들어요. 돈은 언제든 벌 수 있지만 시간은 한 번 지나가면 다시 돌아오지 않잖아요.

내가 이 일을 잘 해내고 잘 버티려면
결국 일의 의미를 생각하고 마음의 울타리를
세우지 않으면 안 되는 순간이 온 거죠.

다 알아보고 시작한 일이었는데도 현실은 다르다는 걸
받아들이는 게 정말 힘들었어요. 일을 문제없이
해내는 것이 전부가 아니구나, 이야기를
즐거워하는 것이 전부가 아니구나.

프로듀서 일을 못 해도, 안 해도 괜찮다고.
그 일이 삶의 전부는 아니라고.

이 일이 삶의 전부가 아니라고 말할 수 있게 된 것.
그리고 또 하나는 그동안 해온 일이 결코 쓸모없지 않다는 것.

이번에는 좀 편한 마음으로 입사했어요. '내가 잘할 수도
있고, 못할 수도 있다.' 과거에는 확신이 너무 강했기 때문에
방향을 잃었을 때 더 크게 흔들렸던 것 같아요.

일과 삶의 분리가 안 되었기 때문에 일의 방향성을
잃었을 때 삶이 흔들렸다고 생각해요.
요즘은 일과 삶을 분리하려고 노력하고 있습니다.
그래도 일을 충분히 잘 해낼 수 있어요.

어떤 분투는 영원히 빛이 난다.

갭이어를 가져야 하나 말아야 하나의 문제가 아니라
그런 고민이 들었다는 것 자체가 어떤 모멘텀이라고
생각해요. 그 마음을 살필 시간은 꼭 필요한 것 같아요.
마음을 살피는 방법 중 하나가 갭이어라고 생각하고요.

이 일이
삶의 전부가 아니라고
말할 수 있게 된 것.
그리고 또 하나는
그동안 해온 일이 결코
쓸모없지 않다는 것.

Fin.

꼭 한계를
넘어설 때까지
달려야 하는 걸까

?

?

?

크리스천 베일과 맷 데이먼이 출연한 영화 <포드 v 페라리>는 극한의 상황에서 빛을 발하는 팀과 동료 이야기다. 영화 속에서 팀은 서로의 한계를 알기 위해 서로를 극한까지 밀어붙인다. 그리고 최고의 퍼포먼스를 낼 수 있도록 도와주는 동시에 동료가 자신의 한계치를 넘어 연소(말 그대로 번아웃 burn out)되어버리지 않도록 백업해주며 팀워크를 쌓아간다. <포드 v 페라리>는 차에 큰 관심이 없는 나에게 그해 최고의 영화가 되었고 넷플릭스에서 <F1: 본능의 질주> 시리즈를 정주행하게 했다.

일의 청춘기 때에는 한계치를 넘어서며 '끝까지' 달리는 순간을 자주 경험한다. 한계치가 갱신되는 순간 자체가 큰 쾌감이고, 내가 성장하고 있다는 것을 온몸으로 느낄 수 있다. 그 쾌감과 성장의 감각은 일을 계속하게 하는 동력이 된다.

Scene 2.

나는 일의 청춘기가 꽤 오래갔다. 늘 한계에 다다른 느낌이 올 때까지 달렸다. 스스로가 갑갑해질 즈음에 기민한 동료들을 만났다. 덕분에 창작하는 일에서도 효율성을 높일 수 있다는 것을 알았고, 새로운 엔진을 얻은 것 같았다. 그동안 써본 적 없는 뇌의 어떤 구석을 발견한 것처럼 시원했고, 또다시 원 없이 달렸다. 새로운 기술이 콘텐츠 기획에도 새로운 시대를 열어줄 것 같다 느꼈을 땐, 매일같이 내 한계치를 넘고 싶었다. 프리랜서로 일하게 되면서는 내가 한계치를 넘는 만큼 더 큰 수입도 보장됐다. 일하는 시간이 삶의 그 무엇보다도 짜릿했고, 몸과 마음의 체력을 마구 쓰는 데에 두려움이 없었다.

하지만 평생 그렇게 일할 수는 없다고, 몸과 마음에서 계속 경고의 메시지가 떴다. 한계를 갱신하는 짜릿함이 어느새 내 일하는 몸과 마음의 수명을 갉아먹고 있었다. 한계치를 향해 질주하던 때의 쾌감은 불안과 두려움으로 바뀌었다. 결국 달리는 것 자체가 겁나기 시작했다. '나는 틀림없이 이 일을 잘 해내지 못할 거야. 내 평판은 무너질 테고 결국 나는 망가질 거야' 같은 생각의 악순환에 갇혔다.

인터뷰를 진행하며 인터뷰이들에게 두 번째로 많이 물었던 질문이 "다시 번아웃을 겪지 않기 위해 어떤 노력을 하고 있나요?"였다.(가장 많이 물었던 질문은 "어떻게 다시 일할 수 있게 되었나요?"다.)

누군가는 더이상 예전처럼 한계치를 넘어서면서까지 달리지 않는다고 했고, 누군가는 달리더라도 본인을 연소시킬 수 있는 상황은 피한다고 했다. 그리고 누군가는 적극적으로 동료들에게 도움을 요청한다고도 했다. 그러기 위해서는 결국 더이상 갱신되지 않는 내 한계를 인정하고 받아들여야 했다. 늘 "음, 어렵겠지만 한번 해볼게요"나 "네, 제가 하겠습니다"로 돌파해오던 사람에게 "이건 제 능력으로는 어렵겠는데요. 못 하겠습니다"라고 말하는 것은 정말로 어려운 일이다.

인터뷰이들과 한계에 대해 이야기 나누며 발견한 공통점이 있다. 모두 '끝까지 달려봤기 때문에 한계에 부딪혔다'는 점이었다. 그렇게 달려봤기 때문에 더이상 갱신되지 않는 한계를 마주했고, 연소(번아웃)되는 경험을 했다. 자랑스러워할 일이라는 생각이 들었다. 일에 있어서 내 한계를 아는 것은 일의 역량을 키우는 것만큼이나 중요하고 값진 일이다. 나를 위해서도, 나와 함께하는 동료들을 위해서도.

더 건강하고, 더 즐겁게 일하기 위해 일의 청춘기에 알게 된 내 한계 바로 앞에 '세이프 존safe zone'을 만들어보기로 했다. 무리해서 "한번 해볼게요" 하기 전에, "이런 일정, 혹은 이런 금액으로 조정할 수 있을까요?", "이런 부분을 함께 진행해주시면 여기까지는 해볼 수 있습니다" 같은 말을 하는 걸 두려워하지 않기로 했다. 나를 보호하는 데에 좀 더 적극적이어도 되지 않을까. 일을 피하는 것이 아니라 내가 연소되는 것을 피하는 것이니까.

서울에서 자신의
속도보다 빠르게 달리던
양자운은
고향으로 돌아가
'쉼'이 필요한
사람들을 위한
스테이를 운영하고 있다

.

.

.

양자운은 현재 경주 남산동에서 스테이 '오소한옥'의 브랜딩과 운영을 총괄하고 있다. '오소'는 '즐기러 오세요'의 경상도 사투리인데, 오소한옥은 특히 '쉼'이 필요한 사람들을 위한 스테이다. 그는 게스트들이 쉬는 데에 부족함이나 불편함이 없도록 조용하고 살뜰하게 챙긴다. 호텔도, 게스트하우스도 아닌 오소만의 호스피탈리티hospitality다.

2년 전, 처음 겪는 번아웃에 어쩔 줄 몰랐을 때 나는 경주에 갔다. 관광이나 여행을 하고 싶은 것은 아니었고 그저 조용한 곳에 가고 싶었다. 경주 시내에서 한참 떨어진 오소한옥에서 나흘을 묵었다. 지내는 동안 그의 적절한 거리감과 호스피탈리티는 위로가 되었다. 게스트를 마냥 모른 척하지도, 불편하게 하지도 않았다. 누군가 나의 쉼을 위해 최선을 다하는 것에서 의외의 생의 의지가 생겼다. 아무것도 할 수 없다고 여겼던 시간을 쉼의 시간으로 가져야겠다고 다짐한 계기였다.

집으로 돌아오는 기차 안에서, 잠시 일을 멈춘 사람들을 인터뷰하는 프로젝트 제안을 받았다. 절묘한 타이밍이었다. 몇 달 간 모든 일과 관계에서 의도적으로 공백을 갖는 중이었기에 평소라면 거절했겠지만, 이 프로젝트는 하고 싶었다. 오래, 좋아하는 일을, 잘하고 싶은 마음. 그리고 이 마음이 넘쳤을 때 온 불균형. 그 균형을 다시 찾기 위해 필요한 노력에 대한 이야기를 경주에서의 경험으로 시작할 수 있을 것 같았다.

인터뷰를 위해 사흘간 다시 경주에 묵으며 그와 '나만의 속도를 지키며 일하는 법'과 '쉼'에 대해 이야기를 나누었다. 건강한 열심을 위해서는 일하는 모든 사람에게 적절한 타이밍에 적당한 휴식이 필요하지만 모두가 스스로 '갭이어를 처방하기'는 사실 쉽지 않다. 거창하게 갭이어를 처방할 수 없는 상황이라면 '갭 모멘트 gap moment'를 가지며 나만의 적정속도를 유지할 수 있으면 좋겠다고 생각했다.

Start.

경주 남산 자락이 이렇게 좋은 줄 몰랐어요. 매일 동네 산책을 하고 있는데 거의 마주치는 사람이 없어요. 남산이 이 스테이를 둘러싸고 있어서 다른 세계에 와 있는 느낌도 들고요.

정말 조용하죠. 밤에는 불빛이 거의 없어서 약간 무서울 수도 있어요. 남산동은 경주역과 시내에서 조금 떨어져 있어서 교통이 불편할 수는 있지만, 머물다 가시는 분들이 정말 '쉼'을 만날 수 있는 동네예요. 아실지 모르겠지만, 경주 남산은 산세가 아름다워서 세계문화유산으로도 등록되어 있어요.

자운 씨의 나이를 처음 알았을 때 사실 조금 놀랐어요. 놀라울 정도로 능숙하고 세심한 호스피탈리티나 저와 나눈 이야기들로 짐작했을 때 훨씬 나이가 많을 거라고 생각했거든요. 저는 20대 중반에 재미있는 것, 새로운 것, 자극적인 것을 보고 읽고 경험하는 데에 대부분의 시간과 에너지를 썼던 것 같아요. (웃음) 게스트분들을 빼면 거의 다른 사람을 마주치지 않는 이 조용한 남산동에 온 계기가 있나요?

남산동에 오기 전 서울 생활부터 이야기해야 할 것 같아요. 저는 어릴 때부터 제 속도와 외부 환경의 속도가 다른 것을 자주 느꼈어요. 공부를 못했던 건 아닌데 결과가 빠르게 잘 안 나왔어요. 의욕과 욕심은 있었지만, 무엇이든 충분한 시간이 필요했어요. 특히 아버지의 기대나 개입에 스트레스를 받았던 것 같아요.

아버지는 맨손으로 사업을 시작해서 경북 지역에서 꽤 자리를 잡으셨는데요. 많은 경상도의 아버지들이 그렇 듯 어릴 때부터 저를 혹독하게 교육시키셨어요. 뭘 해도 빨리, 잘, 최고가 되어야 한다, 랄까요. (웃음) 하고 싶 은 일에 적극적으로 지원해주시면서도 그 기대가 무척 무거웠죠.

저도 부모님이 경상도분들이라 어떤 심정인지 이해돼요. (웃음)
맞죠. 저는 경주에서 나고 자랐는데 경주가 관광 도시여 서 교육 인프라가 그렇게 좋지는 않아요. 가까운 대구에 서 미술을 공부하다가, 패션 디자이너로 커리어를 쌓으 려고 서울로 갔어요. 얼른 실무를 하고 싶어서 국제패션 디자인직업전문학교*에 다녔는데, 서울에서 패션 위크를 실제로 경험하고 나니까 가슴이 뛰더라고요. '나도 저기 서고 싶다', '이기고 싶다', '잘하고 싶다'는 마음이 커졌 어요. 밥 먹는 시간도 아껴가면서 새벽까지 실습하고 겨 우 두어 시간 자고 그렇게 지냈어요.

---

* 실무 중심 교육 과정으로 이루어져 있는 국내 최초의 패션 전문 교육기관. 앙드레 김, 이상봉, 이신우, 박윤수, 명유석, 한승수, 박춘무, 루비나 등이 졸업한 패션 스쿨로 알 려져 있다.

내가 어떤 부분에 있어서는 다른 사람들보다 조금 느리다는 것을 알고 있었는데도 다른 사람들의 속도를 따라잡고 싶었던 거죠?

네, 여기서는 지고 싶지가 않더라고요. 그리고 제가 앞지를 수 있겠다는 느낌도 들었어요.* 미술을 잘하는 친구들이 모인 게 아니라 실무 경험을 쌓고 싶은 친구들이 모인 곳이었거든요. 미술을 공부했던 배경이, 남들보다 미리 쌓아놨던 시간이 제게 도움이 되었어요. 패션 일러스트 같은 과제에서 제가 두각을 나타내니까 선생님들도 샤넬 같은 명품 브랜드의 패션 일러스트레이터나 디자이너로 일하는 데에 필요한 요건들을 더 구체적으로 알려주셨고요. 내 작업을 인정받는 것 같아서 기뻤고, 이제는 다른 사람들의 기대나 속도에 맞출 수 있을 것 같았어요.

뒤처지지 않고 달리는 속도가 좋았어요. 어느 순간부터 그 속도에 맞추는 것뿐만 아니라 더 빨리 달렸어요. 밥 먹는 시간만 아낀 게 아니라 돈도 아꼈어요. 밥 대신 더 좋은 일러스트 도구를 사고, 더 좋은 원단과 재료를 사기 위해서요. 그땐 정말 옷 만드는 것밖에 안 보였어요.

* 잘하고 싶은 마음, 더 나아지고 싶은 마음, 향상심은 일의 좋은 동력이다. 하지만 그 향상심의 본질이 어디서 시작되었는지 찬찬히 들여다볼 필요가 있다. 왜 잘하고 싶은가? 잘하고 싶은 기준은 무엇인가? 왜 더 나아지고 싶은가? 정말로, 잘해야 하는 일인가? 우리는 종종 '잘'의 기준, '잘'의 시작점을 혼동한다. 잘well과 잘good의 그 미세한 간극 사이에서 잘못된 방향으로 힘주어 뛰고 있지는 않은가.

"기절 전에 어지러웠을 텐데 멈춰서 좀 쉬었어야지. 이건 긴 여정이야. 끝에 다다르면 이기는 건 신경도 안 쓰여. 끝까지 해냈다는 사실에 안도할 뿐이지."

– 드라마 〈그레이 아나토미〉

내게 맞는 속도로 달린 게 아니라 너무 과속해버렸네요.

맞아요. 욕심이 과했어요. 그런데 주변에서 자꾸 '잘한다', '네 브랜드를 만들어도 될 것 같다'라고 이야기하니까 속도를 줄일 수가 없는 거예요. 패션 디자이너로서 성공하고 싶은 마음도 분명 있었지만, 다른 사람들의 속도를 따라잡아 인정받고, 기대를 충족시키는 것에서 오는 희열과 혼동하고 있었던 것 같아요.

누군가의 기대를 받는 상황 자체가 주는 쾌감이 있죠. 무리해서라도 이 속도를 지켜내고 싶었겠어요.

그때는 무리한다는 생각도 못 했어요. 그러다 보니 몸이 굉장히 상했어요. 혈압에 문제가 생겨서 자주 빈혈이 왔어요. 그때는 PMS(생리전증후군)인가 하고 넘어갔죠. 하루는 혼자 지내던 방에서 쓰러져 경련이 일어났는데 꼼짝할 수가 없었어요. 정말 누가 도와주지 않으면 이대로 갑자기 죽을 수도 있겠다 싶었어요. 그제야 '내 몸이 망가졌구나' 하고 깨달았어요. 워낙 건강 체질이기도 하고, 아직 건강을 걱정할 나이는 아니라고 생각해서 더 달렸던 것 같아요. 이런 일을 겪고 나니 좋아하는 일을 잘 해내면서도 나만의 적정속도를 찾는 방법과 그 속도를 지키는 방법을 더 생각하게 됐고요.

큰일날 뻔했어요. 그때 일로 남산동으로 와서 오소한옥을 시작한 건가요?

아버지가 건축업을 하시는데 제가 건강 때문에 경주로 다시 오면서 동업을 하게 되었어요. 초기 자본금을 마련하는 방법과 사업 형태로 구축하는 노하우를 아버지께 많이 배웠어요. 저는 오소한옥의 대표이자, '오소'의 브랜딩과 운영을 맡고 있어요.

아버지가 남산동에 저희 가족이 살 집을 지으려고 하셔서 와봤는데 동네가 너무 좋은 거예요. 어릴 때는 고즈넉함이 주는 여유와 회복의 기운을 몰랐어요. 외부 환경의 속도에 맞춰보려고, 서울의 속도에 맞춰보려고 크게 애를 쓰고 났더니 이 동네가 주는 고요함이 다르게 와닿았어요. 그리고 이런 순간을 많은 분이 느낄 수 있으면 좋겠다는 생각이 들었어요. 그렇게 저희 집을 지으려던 자리에 이 스테이를 열게 된 거예요. (웃음)

서울의 속도에 맞춰보려고 크게 애를 쓰고 났더니
이 동네가 주는 고요함이 다르게 와닿았어요.
그리고 이런 순간을 많은 분이 느낄 수 있으면
좋겠다는 생각이 들었어요.

스테이 소개 글에 적힌 '바쁜 현대인들의 삶을 치유하고, 온전한 쉼을 위한 공간이 되겠다'는 오소의 카피가 그렇게 나온 거였군요. 결핍의 경험이 누군가에게 쉼을 제공해야겠다는 결심으로 이어진 것이고요.

나에게 맞지 않은 속도로 달리는 것이 무엇인지, 과속하면 어떻게 되는지, 사고가 나지 않으려면 어떻게 해야 하는지 경험해봤잖아요. 그러고 나니 쉼이 왜 필요한지, 회복의 시간이 왜 필요한지, 온전한 쉼을 위해서는 무엇이 필요한지 잘 알게 되었어요. 제가 잘 알기 때문에 잘할 수 있는 일이라고 생각했고요.

처음부터 '오소'의 콘셉트가 이런 쉼을 위한 스테이는 아니었어요. 막상 숙박업을 하려고 했더니 아버지는 펜션으로 하는 게 어떻겠냐고 하시는 거예요. 여러 가족이 시끌벅적하게 와서 밖에서 바비큐 구워 먹는 그런 형태요. 경주에는 그런 숙박업소가 꽤 많고 더 익숙하거든요. 건축과 부동산업으로 경험이 많은 아버지 입장에서는 편의점도 하나 없는 동네에서 취사도 안 되고 바비큐도 안 되는 숙소에 누가 오겠냐는 의견이셨죠.

근처에 정말 아무것도 없어서 처음에는 조금 당황하긴 했어요. (웃음) 어떻게 '쉼'의 콘셉트를 확정하게 되었나요?

숙소에서 바비큐를 구워 먹거나 취사를 하기 위해서는 결국 누군가의 노동이 필요해요. 그 노동을 담당하는 사람은 당연히 쉴 수 없고요. 제가 남산동에 왔을 때 느꼈던 회복의 순간을 제공하는, 정말 온전히 쉼을 위한 공간을 만들고 싶었어요. 그리고 온전한 쉼을 위한 누군가의 노력은 저희 오소 스태프들이 대신하고요.

가오픈 기간에 가족 손님이 오신 적이 있어요. 아버님은 바비큐가 정말 없다는 걸 확인하고는 아쉬워하시더라고요. 그때부터 어머님은 계속 밥 걱정을 하시고요. 너무 안타까워서 어머님께 말씀드렸어요. 여기서는 밥하지 마시라고. 어머님도 쉬러 오신 거니까 푹 쉬다 가시라고요.

제가 느꼈던 회복의 순간을 제공하는, 정말 온전히 쉼을 위한 공간을 만들고 싶었어요.

온전한 쉼이란 어떤 것일까요?

사람마다 삶의 속도가 다르듯이 필요한 쉼의 정도나, 원하는 쉼의 형태가 다르다고 생각해요. 누군가는 남산동이 무료하고 지루하다고 느끼고 짐만 풀고 시내로 나갈 수도 있고요. 또 누군가에게는 하루 종일 툇마루에 멍하니 앉아 있는 시간이 필요할 수도 있어요.

손님들을 모시고 스테이로 들어올 때, 혹은 체크인을 할 때 첫 느낌이나 짧은 대화에서 저마다의 니즈를 파악하고 호스피탈리티의 정도를 결정해요. 기본 매뉴얼에서 플러스알파를 하는 식이에요. 저의 개입이나 도움이 필요하다고 느껴지는 분들에게는 적극적으로 다가가고요. 호스트와의 교류나 그 어떤 방해도 없이 시간을 보내고 싶어하시는 분들에게는 마치 무인 호텔인 것처럼 서비스해요. 사실 단순 숙박에 필요한 모든 정보는 저희 웹사이트나, 객실 내에 세세히 안내되어 있거든요.

체일 잘하고 싶은 일이다 체일 어려운 일인 것 같아요.

차 없이 외진 동네에 오는 것이 누군가에게는 낭만이 될 수도 있고, 누군가에게는 불편함이 될 수도 있는데 결국 '잘 쉬었다'로 남을 수 있도록 그 경계를 세심하게 살피는 거죠. 제일 잘하고 싶은 일이라 제일 어려운 일인 것 같아요.*

---

* '향상심'이라는 표현을 처음 알게 되었을 때의 짜릿함이 여전히 생생하다. 일에 대한 내 사랑과 욕심과 헌신을 가장 잘 표현한 단어라고 생각했다. 잘하고 싶은 마음, 성장하고 싶은 마음, 우리 팀이 늘 이겼으면 하는 마음.

몸과 마음이 망가진 뒤에야 그 향상심에도 균형이 필요하다는 사실을 알았다. 성과도, 팀의 성장도, 일 욕심도 모두 내 몸과 마음이 건강하다는 전제 위에서만 존재할 수 있었다. 향상심이 나를 집어삼키지 않게 하려면 어떻게 해야 할까. 그렇다고, 향상심의 균형을 의식하느라 무기력해지고 싶지는 않으니 말이다. 내 삶의 속도를 알고, 이를 지켜내는 일은 그 자체로도 충분히 의미가 있다는 걸 잊지 않으려는 부단한 연습이 필요하다.

그렇게 애쓰다 보면 또 언젠가 내 삶의 속도와 어긋나지는 않을까요?

맞아요. 제 삶의 속도와 어긋난 일을 하지 않기 위해 남산동에 온 건데 또 과속해버려서 저를 다치게 하면 안 되잖아요. 조식을 준비하려면 아침 7시에 출근해야 해요. 출근해서 라운지에 음악을 틀고 커피를 내려서 마당에 나오면, 저도 모르게 웃음이 나와요. 손님들이 온전히 쉬고 있다는 느낌이 제게 전달될 때 너무 행복해요. 약간 감동의 순간이라고 해야 할까요.

미친 듯이 달리던 서울에서 너덜너덜해져서 내려온 저를 회복시켜준 남산의 고요함과 제가 쌓고 있는 이 스테이의 공기와, 손님들이 쉼을 느끼는 순간이 딱 맞았을 때의 느낌이 있어요. 그게 제가 속도 조절을 할 수 있게 하는 원동력이자 기준인 것 같아요.*

* 아무 의욕 없이 아무것도 하지 않는 나를 걱정한 가족의 강력한 권유로 유일하게 한 일은 한강에 나가 따릉이를 타는 거였다. 매일 그저 시간을 흘려보낼 거라면 차라리 자전거 위에서 발이라도 구르라고. 워낙 체력이 떨어져 있었기 때문에 걷거나 뛰는 것은 여의치가 않았다.

따릉이를 타는 일은 의외로 재미있었다. 무엇보다 시간이 잘 갔다. 아무 생각도 기대도 하지 않아도 발만 구르면 어딘가 갈 수 있었다. 한강대교에서 시작해서 원효대교까지 가는 것이 기본 코스였다. 언젠가부터는 마포대교를 넘어 서강대교까지 갈 수 있게 되었고, 또 어느 날에는 어느새 양화대교까지 가 있었다. 매일 무심히 하는 일이 나를 조금씩 멀리까지 데려가주었다. 멍했던 일상에 조금씩 생각과 기분이 들어갈 자리가 생겼다. 발을 구르는 것은 분명 나였지만, 아무것도 하지 않아도 어딘가까지 갈 수 있다는, 매일 조금씩 더 먼 곳까지 갈 수 있다는 기분은 나에게 최소한의 자유를 주었다.

따릉이 타기는 금방 익숙해졌다. 아무것도 하고 싶지 않은, 의욕 없는 상태가 지나쳐서 시작한 자전거 타기였는데 어느새 바람을 휘휘 가르며 달리는 속도감을 즐기게 되었다. 브레이크를 잡으며 속도를 조절하던 내리막길도 브레이크에서 손을 떼고 달렸다. 그다음에는 내리막길에서도 발을 힘차게 굴러 더 빠르게 달리고 싶었다.

그런데 경사와 속도에 기어를 맞추지 않으면 더 빨리 달리고 싶어도 자전거 바퀴가 헛돌았다. 아무리 더 빨리 달리려 해도 페달이 더 빠른 속도로 돌아주지 않았다. 내리막길을 지난 직후 경사가 만들어낸 가속도에 조금 더 힘을 보태, 평소의 내 힘으로는 달릴 수 없는 위태로운 속도를 즐기고 싶었는데 이 역시 불가능했다. 내리막길을 타고 나서 다시 달릴 수 있기까지 발 구르기를 멈추고 페달을 적당히 풀어놓는 시간이 필요했다.

가끔 자전거를 내가 컨트롤할 수 없는 상태가 되어도 (내가 페달을 밟는 게 의미가 없다는 것을 이미 내 발이 감지했지만) 멈추기보다 더욱 극단으로 치달을 때가 있다. 결코 파멸을 향해 달리는 것이 아니다. 평소의 내 힘으로는 닿지 않을 이 비정상적인 속도가 주는 위태로운 짜릿함을 즐기는 마음 반, 어쩔 줄 모르겠는 마음 반이다.

돌아보면 일에서도 그랬다. 내가 의도하지 않았던, 내 계획에는 없던 일들이 어떤 흐름을 탔을 때 '나의 적정속도'를 넘어 마구마구 굴러간다. 반드시 부정적인 상황만 있는 것은 아니다. 내가 일을 이끌어가는 게 아니라 마구 굴러가는 일의 스케일과 속도에 내가 맞춰가며 분 단위, 초 단위로 성장해야 할 뿐. 다만, 그 에너지에 압도되지 않고 살아남을 확률은 굉장히 낮다.

자전거의 속도를 내 다리의 힘으로 컨트롤할 수 없는 상태일 때, 발 구르기를 멈추고 페달을 적당히 풀어놓거나, 브레이크를 잡으면 금방 다시 달릴 수 있는 상태가 된다. 몇 번의 아찔한 순간들을 지나며 깨달았다. 따릉이가 감당할 수 있는, 그리고 지금 내 다리의 근력이 감당할 수 있는 '적정속도'와 이를 다루는 방법을 이제는 안다. 예측하지 못한 아찔함이 주는 묘한 즐거움은 없어도, 대신 안전하게 양화대교까지 갈 수 있다. 그곳에 도달했을 때의 후련함과 자유는 변함이 없다.

번아웃을 겪은 뒤로 일과 삶에서 온몸의 감각이 곤두설 만큼의 즐거운 일이 줄었다. 어쩌면 그러한 일들을 무의식적으로 피하고 있을지도 모르겠다. 짜릿함과 맞바꾼 안전감이 감사하게도 일상을 지속시켜준다. 오래도록 좋아하는 일을 할 수만 있다면, 늘 낮은 확률에 배팅하며, 이번에는 이 일의 속도와 스케일에 맞게 내가 성장하고야 말겠다며 애쓰지 않아도 괜찮지 않을까.

일하는 사람들에게도 일과 삶의 영점조절을 위한 시간으로 '갭이어'가 필요하다고 생각해요. 일을 좋아하는 마음, 잘하고 싶은 마음이 넘치면 균형감각을 잃잖아요. 그럴 때 방향이 크게 어긋나버리지 않도록 스스로에게 갭이어를 처방할 수 있을 테고요. 그 맥락에서 보면 자운 씨가 하는 일은 결국 누군가에게 '갭 모멘트'를 만들어주는 일 같아요.

어릴 적부터 제 안에 존재하는 열심의 속도와 밖에서 요구하는 열심의 속도가 달라서 힘들었기에 '속도'에 예민한 것 같아요. 오시는 손님들의 삶의 속도도 예민하게 캐치할 수 있고요.

한때는 패션 디자이너로 성공하고 싶었지만,
지금은 오시는 손님들에게 가장 잘 어울리는
쉼의 옷을 입혀드린다는 마음으로
일하고 있어요.

각자의 속도에 맞는 적정한 쉼이 있다고 생각해요. 쉬는 것과 노는 것은 다르고, '잘 쉬었다'라는 추상적인 느낌의 구체적인 내용도 모두 달라요. 한때는 패션 디자이너로 성공하고 싶었지만, 지금은 오시는 손님들에게 가장 잘 어울리는 쉼의 옷을 입혀드린다는 마음으로 일하고 있어요. 브랜드가 추구하는 스타일이 명확하지만 개별 맞춤식이랄까요?

제 삶의 적정속도로 일하기 위해 이 일을 시작했고, 패션 디자이너로 성공하고 싶었던 만큼, 이 일도 잘하고 싶어요. 여긴 호텔도 아니고, 게스트하우스도 아니에요. 제가 남산동에서 느꼈던 회복의 순간, 마냥 나를 내려놓는 쉼이 아닌 다시 에너지를 낼 수 있는 쉼을 스테이로 구현해서 서비스를 제공한다고 생각해요. 제 속도와 스테이의 분위기, 손님들의 만족도가 서로 영향을 미칠 수밖에 없어요. 그래서 제 속도를 잃지 않는 것이 더욱 중요하고요.

쉼에 대한 자운 씨만의 철학으로 브랜드를 만들어가는 것 같네요. 자운 씨는 언제 이 일에서 보람을 느껴요?

제가 예상한 손님의 속도와 원하시는 호스피탈리티 정도가 제대로 맞아떨어질 때, 스테이에서 제가 의도한 쉼을 위한 트리거trigger를 손님들이 알아채줬을 때 가장 기뻐요.

이것도 사업이라 당연히 매출과 수익을 생각할 수밖에 없어요. 하지만 빠르게 성장해서 돈을 많이 버는 게 목표는 아니에요. 제가 패션 브랜드를 론칭했더라도, 제 브랜드를 이해하고 좋아해주는 분들을 만나는 데에 시간이 걸렸을 거고요. '오소'를 통해 제가 손님들에게 경험하게 해드리고 싶은 쉼에 공감해주시는 분들이 생기기까지 오랜 시간이 걸릴 거예요.

손님들이 체크아웃하실 때 남기고 가는 편지들이 좋은 피드백이 돼요. '내가 맞는 방향으로 가고 있구나' 하는 확신도 들고요. 내가 원하지 않는 외부의 비트beat가 들어와서 내 속도가 헷갈릴 때, 오셔서 자신의 리듬을 회복하고 갈 수 있는 공간이 되고 싶어요.

내 삶의 속도를 알고, 이를 지켜내는 일은 그 자체로도
충분히 의미가 있다는 걸 잊지 않으려는 부단한 연습이 필요하다.

일에 있어서 내 한계를 아는 것은
일의 역량을 키우는 것만큼이나 중요하고 값진 일이다.
나를 위해서도, 나와 함께 하는 동료들을 위해서도.

뒤처지지 않고 달리는 속도가 좋았어요.
어느 순간부터 그 속도에 맞추는 것뿐만 아니라 더 빨리 달렸어요.
성공하고 싶은 마음도 분명 있었지만,
다른 사람들의 속도를 따라잡아 인정받고,
기대를 충족시키는 것에서 오는 희열과 혼동하고 있었던 것 같아요.

사람마다 삶의 속도가 다르듯이
필요한 쉼의 정도나, 원하는 쉼의 형태가 다르다고 생각해요.

짜릿함과 맞바꾼 안전감이 감사하게도 일상을 지속시켜준다.
오래도록 좋아하는 일을 할 수만 있다면, 늘 낮은 확률에 배팅하며,
이번에는 이 일의 속도와 스케일에 맞게
내가 성장하고야 말겠다며 애쓰지 않아도 괜찮지 않을까.

나에게 맞지 않은 속도로 달리는 것이 무엇인지, 과속하면 어떻게 되는지,
사고가 나지 않으려면 어떻게 해야 하는지 경험해봤잖아요.
그러고 나니 쉼이 왜 필요한지, 회복의 시간이 왜 필요한지,
온전한 쉼을 위해서는 무엇이 필요한지 잘 알게 되었어요.

각자의 속도에 맞는 적정한 쉼이 있다고 생각해요.
쉬는 것과 노는 것은 다르고, '잘 쉬었다'라는
추상적인 느낌의 구체적인 내용도 모두 달라요.

사람마다
삶의 속도가 다르듯이
필요한 쉼의 정도나,
원하는 쉼의 형태가
다르다고 생각해요.

Fin.

일과 삶의
영점조절

프리랜서로 일하기 전에 다녔던 콘텐츠 스타트업에서 동료들과 자주, 많은 것에 대해 회고했다. 당시 팀에서는 회고의 방식이 다양했고, 회고가 팀을 이루는 중요한 문화 중 하나였다. 함께 진행한 프로젝트를 회고하기도 했고, 함께 겪은 사건을 회고하기도 했다. 우리는 회고에서 늘 무언가를 얻었고, 잘 기록해두었다. 덕분에 팀을 떠난 뒤의 일과 삶에서도 유효하게 써먹을 수 있는 좋은 습관을 얻었다.

Insert Cut.

회고回顧는 '지난 일을 돌아본다'라는 뜻이다. 당시에는 여러 복잡한 이유 때문에 객관적으로 보기 어려웠던 지난 상황과 감정을 '다시 응시'하는 일이다. 그러한 응시를 통해 당시에는 미처 몰랐던 그 상황에 대한 새로운 이야기를 발견하기도 하고, 받아들이기 어려웠던 감정을 정리하기도 한다. 회고는 크게 1) 좋았던 점에 기반해 계속 유지할 부분을 확인하고KEEP 2) 아쉬웠던 점과 개선되면 좋을 점을 찾고PROBLEM 3) 다음에는 다르게 시도해보고자 하는 방법을 정하는TRY 과정으로 이뤄진다.

동료들과 회고를 진행해보면 같은 상황과 사건인데도 바라보는 관점과 의견이 종종 다를 때가 있었다. 그럼에도 '계속 유지할 부분', '개선되면 좋을 점', '새롭게 시도해볼 점' 등을 함께 결정할 수 있었던 것은 팀의 비전이나 일의 목표가 이를 판단하는 기준이 되었기 때문이다. 팀이 함께 최종적으로 가고자 하는 방향과 목표점을 중심으로 여정을 끊임없이 수정해나가는 일, 그 영점조절의 과정 자체가 성장하는 팀의 기록이 되었다. 그리고 이 과정을 회사의 일이 아닌 개인의 삶에 적용할 때 성장하고 고민하는 나에 대한 기록이 된다.

개인의 삶을 놓고도 우리는 회고할 수 있다. 좋았던 일을 나열하고, 그 일이 왜 좋았는지 스스로에게 이유를 물어본다. 아쉬웠던 일들을 나열하고, 그 일이 왜 아쉬웠는지 스스로에게 이유를 물어본다. 그리고, 내가 살고 싶은 삶의 과녁, 내 삶이 흘러가고 싶은 방향을 기준으로 내가 나열한 일들과 그 이유들을 다시 살펴본다. 그러면 어떠한 일들은 내가 생각했던, 느꼈던 것보다 더 좋은 일일 수도 있고, 덜 좋은 일일 수도 있다. 그리고 어떠한 일들은 더 아쉬운 일일 수도 있고, 덜 아쉬운 일일 수도 있다. 이러한 회고를 통해 내 삶에 대한 판단 기준이 오롯이 내 안에서 비롯되어 세워진다. 다음 액션을 결정하는 기준 역시 마찬가지이다. 결국 내가 가고자 하는 삶의 방향과 끝그림을 과녁 삼아, 현재의 나를 끊임없이 영점조절한다. 그리하여 내 몸과 마음, 그리고 내 삶을 경영하는 가장 작은 방법이 된다.

물론 번아웃으로 몸과 마음이 완전히 고장 났을 때는 회고 역시 아무짝에도 쓸모가 없었다. 내 삶의 좋았던 일, 아쉬웠던 일을 판단하는 기준이 흔들리기도 했고, 더 나은 다음을 위해 어떤 선택을 해야 할지 방향이 헷갈리기도 했다. 무엇보다 모든 과정의 든든한 푯대가 되어야 할 삶의 기준과 방향이 흔들린다는 사실 자체에 더욱 휘청거렸다. 그럼에도 조금이나마 에너지가 생길 때마다 선명도를 높여야 했던 것은 나 자신에 대한 질문들이었다.

나를 정말로 즐겁게 했던 일의 순간은 무엇이었나?
나를 가장 가슴 뛰게 하는 것은 무엇인가?
나는 어떤 삶의 모습으로 일하고, 또 살고 싶은가?

갭이어의 시간은 마치 긴 영점조절의 과정과 같았다.

처음 일을 시작하며 세운 목표로 10년 넘게 성실하고 열정적으로 달렸는데 '내가 지금 어디 와 있는 거지?' 싶은 생각에서 시작한 갭이어였다. 엉뚱한 방향으로 달렸을까 싶은 불안함, 이렇게 애를 써도 나는 도무지 도달할 수 없을 것 같은 자책감으로 시작했다. 긴 영점조절의 과정을 거치면서 이 불안과 자책을 조금 다른 관점에서 볼 용기가 생겼다. 10여 년 전 신입 시절의 내가 세워놓은 목표를 내가 이미 지나쳤을 수도 있다는 것. 시대가 변화하며 목표의 모습도 달라져서 목표 지점을 지나올 때 어쩌면 내가 알아보지 못했을 수도 있다는 것. 그렇다면 지금 내가 해야 하는 일은 불안과 자책으로 주저앉아 있을 게 아니라, 내가 다시 힘을 내어 달릴 수 있는 삶의 목표를 업데이트하는 일이다. 나를 다시 일으켜 세울 수 있는 답은 오직 내 안에 있다.

일과 삶이
분리될 수 있을까
?
?
?

프로젝트의 진행 상황에 따라 일희일비하고 스트레스를 심하게 받을 때면 "일에 대한 평가가 곧 ○○씨에 대한 평가가 아니에요. 이 일이 실패한다고 ○○씨가 실패하는 게 아니에요"라는 말을 듣곤 했다. 내가 차린 회사도 아니고, 나는 일개 팀원일 뿐이어도 이런 위로나 조언을 들을 때마다 무슨 말인지 이해하지 못했다. '이 프로젝트가 실패하는 게 왜 내가 실패하는 게 아니지?' '이 프로젝트가 실패하면 나는 끝인데?' '나는 아무런 쓸모가 없는 사람인데?' 프로젝트가 실패한다고 해고를 당하는 것도, 평판이 완전히 무너져서 다시는 콘텐츠 기획자로 일을 못 하게 되는 것도 아닌데 '실패=끝'이라는 막연한 두려움이 있었다.

Scene 3.

다행히 첫 회사와 무척 잘 맞았다. 유연한 출퇴근 시간, 밀도 높은 업무 환경, 똑똑하고 열정적인 동료와 선배들, 일의 성격 등 무엇 하나 사랑하지 않는 것이 없었다. 비교 대조군이 없는 첫 직장이어서일 수도 있고, 기대하던 첫 사회생활이라 내가 그 어느 때보다 열심히 해서였을 수도 있다.

운 좋게도 내가 쏟은 사랑만큼 나의 쓸모를 인정받았다. 정해진 근무 시간보다 훨씬 더 많은 시간을 업무에 쓰고, 문제 상황을 마주해도 포기하지 않고, 안 되는 것을 되게 하는 것이 일을 잘한다고 인정받는 환경이었다. "너 잘하잖아", "이번에 너 잘했어", "역시 ○○이야"라는 말에 취해 구체적인 나의 장단점을 알아가기보다 타인의 칭찬을 듣는 것에 만족했다. 그 말들을 '너는 이 일을 완료하는 데에 주어진 1시간보다 개인 시간 4시간을 추가로 쓰는 것을 선택하는구나', '너는 아침을 거르고 촬영 나가는 것을 괜찮다고 여기는구나', '실수를 만회하기 위해 사비를 써서 결국은 실수 없는 결과물을 내는 것을 선택하는구나'로 생각해야 하는 줄 몰랐다. 스스로에 대한 이러한 오해로 인해 일과 삶을 분리하지 않(못하)는 것에 환상은 쌓여만 갔다.

커리어의 어느 시점까지는 물리적인 시간을 많이 투자하는 것으로 성과를 낼 수 있었다. 콘텐츠 기획자로 살면서 일을 하는 것인지 쉬고 있는 것인지 구별하기 어려운 순간이 많았다. 영감과 레퍼런스라는 이름으로 늘 새로운 것을 보고 듣고 경험하려고 애썼다. 시간을 많이 투자할 수 있는 에너지와 의지가 있고, 그런 환경에서 지내고 있는 것이 나의 강점이라고 생각했다. 나는 일과 삶의 '조화'를 이루고 있다고 믿었고, 일을 위해 삶의 영역을 기꺼이 내어주는 것이 '일을 잘하는 사람'이라고 생각했다.

PD에서 기획자로 업무가 확장되고 복잡해지면서 물리적인 시간만으로 잘 해내기 어려운 상황을 종종 마주했다. 레거시 미디어에서 뉴미디어로, 그리고 스타트업으로 이직하면서 해본 일보다 안 해본 일이 훨씬 많았다. 잘 해낼 수 있는 일만큼이나 다음에 더 잘해야 하는 일도 많아졌다. 제대로 돌보지 않은 몸은 체력적 한계를 호소했다. 일하는 삶이 무너지고 에너지가 바닥났을 때에야 비로소 삶에 빚지며 일하는 것이 '일과 삶이 조화'를 이루고 있다거나 '일을 잘하는 것'이 아님을 알게 됐다.

일과 삶은 분리될 수도 있고, 분리되지 않을 수도 있다. 하지만 언제나 그 스위치는 내가 쥐고 있어야 한다. 분리하고 싶거나 분리해야 할 때는 언제라도 분리할 수 있도록. 그 스위치가 속도 조절의 기본이고, 속도를 조절해야만 오래 멀리까지 달릴 수 있다. 그리고 그 스위치를 내 손에 쥐고 있으려면 '일을 잘한다는 것'에 대한 나만의 구체적인 정의가 필요하다는 걸 알았다. 나의 한계를 알고, 동시에 내가 기어코 잘 해낼 일과 물러설 일을 고를 수 있는 기준이 필요하다는 것 또한 알게 되었다. 나에게도 결국은 못 해내는 일이 있다는 것을. 무한정 달리기만 할 수 있는 사람이 아니라는 것을 인정하는 일은 꽤 고통스럽고 힘들었다.

누구보다 일을 좋아했던
광고기획자
김민지는 3년 전
대기업 광고회사를
퇴사했다

.

.

.

선배와 동료들이 놀랄 정도로 자신의 일을 좋아했던 김민지는 갑작스레 보직이 바뀌고 신뢰하던 선배가 회사를 그만두니 일의 동력이 급격히 떨어졌다. 그는 이직 대신 휴식을 택했다. 쉬고 싶었고, 내가 좋아하는 일이 무엇인지 생각해볼 시간을 갖고 싶었다.

발리에서 요가 수행을 하며 갭이어를 보내는 동안 일에서 만족했던 순간과 만족하지 못한 순간을 구체적으로 나열해보았다. 회사가 싫고, 주어진 업무가 싫고, 더이상 에너지를 쓸 수 없겠다는 감정적인 이유보다, 그 감정이 왜 들었는지 왜 성취감이 떨어졌다고 느꼈는지 그 이유를 논리적으로 표현할 수 있게 되었다. 그리고 자신이 생각보다 기획하는 일을 정말로 좋아한다는 것을 깨달았다.

그는 9개월간의 갭이어를 보내고 다시 대기업 광고회사로 이직해 일하고 있다. 적지 않은 기간 동안 갭이어를 보내고도 여전히 빡세고 힘든 회사로 돌아간 연유가 궁금했다. 새로운 회사를 선택하는 일에 이전과는 다른 기준을 적용할 수 있게 됐다면, 그 기준이 무엇인지도 이야기 나누고 싶었다. 그는 같은 업계, 유사한 직무이기에 환경이 달라진 것은 거의 없지만, 이전과는 다른 일의 태도로 열심(뜨거운 마음)의 정도를 조절할 수 있다고 했다. 좋아하는 일을 지속할 수 있도록 하는 '건강한 열심'은 무엇인지, 이를 위해 필요한 것은 무엇인지 이야기 나누었다.

Start.

다시 일을 시작한 지 1년이 좀 넘었어요. 사전 인터뷰에서는 좋아하는 일을 찾기 위해 갭이어를 가졌다고 했는데요. 광고회사 퇴사후 갭이어를 보내고 또다시 광고회사에 들어갔어요. 심지어 두 곳모두 국내에서도 손꼽힐 만큼 치열한 대기업 계열사잖아요.

저는 첫 번째 회사에서도 제 일을 정말 좋아했어요. 한번은 사수에게 이 일을 해서 너무 즐겁고 행복하다고 말한 적이 있는데 그때의 제 표정을 보고 사수가 깜짝 놀랐을 정도로 만족하며 회사에 다녔어요.* (웃음)

그런데 왜 퇴사하기로 결정했어요?

입사한 지 4년이 좀 안 되었을 때 갑자기 다른 팀으로 발령이 났어요. 제가 원래 하던 일은 이벤트 기획이었는데 하루아침에 오프라인 공간 기획을 맡게 되었어요. 오프라인 공간의 고객 경험을 기획하는 일이 브랜딩에서 중요해졌던 때라 커리어 면으로는 좋은 기회였어요.

---

* 10여 년 전 신입 시절, 함께 일하는 동료들도 선배들도 모두 일을 사랑하는 사람들이었다. 24시간 중 20시간을 일하고, 열흘 넘게 집에 못 들어가도 방송을, 다큐멘터리 만드는 일을 하는 것만으로도 삶이 충만했다. 나보다 이 세계에 3년 먼저 발을 들인 선배도, 10년 앞선 선배도, 15년 앞선 선배도, 20년 앞선 선배도 그렇게 일을 시작했고 일을 배웠다고 했다. 돌이켜보면 '일'을 배우기보다 일을 '사랑하는 법'을 배웠던 것 같다. 사랑하는 일을 할 수 있게 된 행운을 지키는 법, 사랑이 지속되기 위해 존중해야 하는 가치들을 배웠다. 그때 배운 일하는 마음이 여태껏 나의 열심을 이룬다.

사랑하는 일을 계속 사랑하는 데에도 힘이 든다. 김연수 작가는 『소설가의 일』에서 각자의 이야기를 써나가는 사람들의 애끓는 일하는 마음에 대해 이렇게 말한다. "남들이 안 쓰럽다고 혀를 차는데도 나만은 재미있다면, 그건 평생 해도 되는 일이다." 그 시절 좋아하던 작가의 책에서 이 문장을 발견하지 않았다면, 나는 내 일을 사랑하는 것을 진작에 그만두었을까.

그런데도 매일 출근해서 일하는 게 힘들었어요. 저를 제외한 모든 팀원이 건축이나 공간 디자인 전공이다 보니 주변 동료들은 일에 해박한 지식이 있는데 나만 도태된 것 같다고 느꼈어요.

무엇보다 이벤트나 행사에서는 브랜드의 고객 페르소나들을 직접 만날 수 있었어요. 그들의 말이나 피드백으로 제 일의 만족도가 즉각적으로 돌아오는데 공간 기획 일은 그게 아니었어요. 기획하고 시공하고 감리해서 클라이언트에게 넘기고 나면 운영은 다른 부서가 하는 거예요. 최종 고객의 목소리를 직접 들을 방법이 없었어요.

더 공부하고 노력해도 따라잡을 수 없을 것 같았어요. 제 일의 재미와 능력의 한계가 느껴졌어요. 다시 대학원에 가서 공부를 더 해야 하나 하는 생각도 들었고요. 당시 팀장님은 학교보다 현장에서 배우는 게 더 많을 거라고 하셨는데 그때는 그 조언도 별로 와닿지 않았어요. 저는 제가 일을 잘 해내서 팀의 성과에 기여하는 직접적인 성취감이 일에서 굉장히 중요한데 그게 사라진 기분이었어요.

회사에 직무 변경을 요청할 수 있는 상황은 아니었나요?

그때는 자존감도 너무 떨어지고, 많이 지쳐서였는지 이성적이고 구체적으로 문제를 해결하겠다는 생각은 못 했어요. 큰 조직이다 보니 제가 체스판 위의 말 같다는 생각도 많이 했고요. 직무를 맡길 때 개인의 적성이나 선호 같은 것은 그다지 중요한 요인이 아닌 거죠.

그러던 와중에 입사 이후로 줄곧 믿고 따르던 사수까지 퇴사했어요. 어느 날 갑자기 더이상 광고 일을 하지 않겠다며 일을 그만두고 대학원에 간다고 선언한 거예요. 저에겐 청천벽력 같았죠. 등을 보고 따라가던 선배가 사라진 느낌, 일에서 나를 지탱해줄 기준이 사라진 듯했어요. 직무가 바뀌어 회사에서 나의 쓸모에 회의가 들던 때, 멘토 같은 선배마저 퇴사해버리니 회사 생활의 의미가 무너지더라고요.

퇴사 후 이직이 아닌 갭이어를 선택한 이유가 있나요?

'쉬고 싶다'는 생각이 컸어요. 4년 가까이 거의 주말도 휴가도 없이 일했지만 괴롭지는 않았어요. 제가 좋아서, 재밌어서 한 일이니까요. 하지만 예전처럼 내가 중요한 역할을 하고 있다는 생각이 들지 않으니 일할 의지와 동력이 사라졌어요.

한순간에 동력이 사라지자 정체성의 혼란 같은 시기가 왔어요. '이게 내가 정말 좋아하는 일이 맞나?', '내가 이렇게 열심히 일한 이유가 뭐지?'처럼 본질적인 질문을 진지하게 탐구해본 시기가 없다는 생각이 들었어요.* 다들 하니까 열심히 공부해서 대기업 취직하고. 내가 주체적으로 고민하고 결정한 게 아니라 타인의 시선이나 눈높이에 맞춰서 끌려가며 살았던 건 아닐까 싶었어요. 지금이라도 인생의 방향을 확실하게 정하지 않으면 안 되겠더라고요.

---

* 나의 꿈은 늘 '죽을 때까지 일하고 싶다'였다. 호호 할머니가 되어서까지 직장에 다니고 싶다는 뜻이 아니라, 이야기를 쓰고 만들다가 결국 어떤 이야기는 내가 죽어서 끝끝내 완성되지 못하는 게 '일하는 나'의 낭만이었다. 그만큼 나는 나의 일이 정말 좋았다. 일과 삶을 분리해야 하는 이유도, 분리한다는 개념 자체도 내 관심사가 아니었다. 건강, 가족, 사랑, 친구, 돈 등 삶을 이루고 있는 여러 기본요소는 모두 내가 더 오래, 더 즐겁게 일하기 위한 '환경'이었다.

일하는 것이 힘들어지고 재미없어지는 것은 내 삶의 커다란, 상상해보지 못한 위험신호였다. 삶의 목적과 방향을 흔들기에 충분했다. 이직으로 해결되는 일이 아니었다.

"몸의 귀도 한쪽만 쓰면, 소리의 방향에 둔감해진다고 한다. 마음도 그렇다. 방향을 잃는다. 나를 부르는 소리가 어디서 들려오는지 잘 듣지 못하고 헤맨다."
— 김소연 지음, 『마음사전』(마음산책)

그동안 당연하다고 여겨왔던 일들을 찬찬히 살펴보고 마주할 시간이 필요했다. '나는 왜 일이 좋았지?' '나는 왜 죽을 때까지 일하고 싶었지?' '나는 왜 이야기를 쓰고 만드는 일이 즐거웠지?' 10대 혹은 20대 때, 현재의 직업을 꿈꾸던 당시에 세워놓은 나의 가치관과 삶의 방향을 재점검할 때가 온 것이다. 그 이후로 나는 많은 시간을 살았고, 분명히 성장하고 변화했다. 일과 삶에 대한 내 생각도, 그만큼의 업데이트가 필요했다.

일과 삶에 대한 영점조절이 필요했겠어요.

맞아요. '내 한계는 여기까지니까 이 정도만 해도 돼'라고 판단하더라도 내가 결정한 것이라면 납득하고 받아들일 수 있어요. 그런데 이전에 해온 결정들은 진짜 내가 아닌 주변의 기대와 시선에 의해 정해진 것들이 아닌가 싶었어요.

'갭이어' 이런 거창한 것도 아니고 딱 두 가지를 목표로 두고 퇴사했어요. 1) 한동안 일을 안 하고 쉬고 싶다. 2) 내가 정말 원하고 좋아하는 일을 찾고 싶다. 이 목표를 이루기 위한 구체적인 방법을 알고 퇴사를 결정한 건 당연히 아니었고요. (웃음) 일단 쉬면서, 내가 진짜로 원하고 좋아하는 일을 고민해보고 찾는 시간을 갖자고 단순하게 생각했어요.

목표가 분명한 것만으로도 '준비된 퇴사자' 같은데요. (웃음)

그런가요. 퇴사한 후, 그리고 다시 일에 복귀한 뒤로 시간이 좀 지났기 때문에 당시 생각이나 결정에 대해 지금은 어느 정도 제 안에서 정리가 된 상태라 목표가 더 분명했던 것처럼 기억할 수도 있어요. (웃음) 돌아보면 준비하지 못해 아쉬운 점도 많아요.

발리는 어떻게 가게 된 거예요? 단순한 여행이었나요?

퇴사하고 한동안 아무것도 안 했어요. 첫 번째 목표는 이룬 거죠. (웃음) 미뤄뒀던 휴식 시간을 한꺼번에 갖고 나니 '이제는 뭔가를 해도 될 것 같은데?' 하는 생각이 들었어요. 몸이 근질근질해진 거죠. 기획자의 일은 아웃풋 output을 만들어내는 거잖아요. 아웃풋을 만들려면 새로운 걸 보고 경험하는 인풋input이 필요하고요. 그러면서 동시에 제 일과 삶을 되돌아보고 앞으로의 방향을 고민해보는 시간도 가지고 싶었어요. 그래서 발리로 요가 수행 여행을 갔어요.

요가 수행 여행은 전문 요기yogi만 할 수 있는 건 아닌가요?

저도 처음에는 그런 줄로만 알았어요. 알아보니 발리에는 저처럼 전 세계의 초보 요기들도 수행하며 지낼 수 있는 요가원이 많더라고요. 저도 발리에 가기 전까지는 요가를 진지하게 했던 사람이 아니었어요. 거기서 수행을 하며 가르치는 방식에 매료되면서 정말 깊이 빠졌죠. 제가 그동안 일해온 방식, 일에 대한 태도를 돌아보는 데에도 도움이 많이 되었어요.

요가가 단순한 쉼이나 운동이 아닌 어떤 깨달음을 줬나 봐요.

한국에서는 일이든 운동이든 공부든 '더 잘해야 한다, 한계를 넘어서야 한다'고 배우잖아요. 그런데 요가를 할 때는 어떤 동작이 안 된다고 하면 "너 이 동작 시작한 지 얼마나 됐어? 안 되는 건 당연한 거야. 안 되는 나를 받아들여야 하고"* 라는 거예요.

* 주니어 시절에는 실수가, 실패가 당연했다. 일을 배우는 시기라고 생각했으니까. 넘어져도 동료와 선배들에게 도와달라고 쉽게 손을 뻗었다. 마음껏 넘어졌고, 수많은 케이스가 몸에 새겨졌다.
경력이 쌓이면서 실수와 실패를 하면 안 된다고 생각했다. 넘어지지 않으려 힘을 주다 보니 넘어지면 더 크게 다쳤다. 다치고 나서야 깨달았다. 많이 넘어져본 사람의 경쟁력이자 자랑은 더이상 안 넘어지는 것이 아니었다. 잘 넘어지는 기술, 넘어져도 금방 털고 다시 일어나는 회복탄력성이었다.

"슬럼프에 익숙해져야 한다. 여러 시행착오를 겪으면서 넘어지고 좌절하는 날들에 무너지지 말아야 한다.(⋯) 내가 아직 견디고 배울 힘이 남아 있을 때 찾아온 슬럼프는 실패가 아니라 나를 숙련시켜주는 선생님이다."
— 하정우 지음, 『걷는 사람, 하정우』(문학동네)

"전문가와 비전문가의 차이가 무엇일까요. 일을 누가 더 잘하느냐가 아니라, 의외로 문제가 생겼을 때 제대로 해결할 수 있느냐 없느냐에서 그 차이가 나옵니다. 그런 점에서 자존감이 높아진다는 것은 실패 앞에 받는 충격의 정도가 줄어든다는 말이기도 합니다. 실패의 횟수가 많다는 것은 경험의 콘텐츠가 많다는 뜻이기도 합니다."
— 전미경 지음, 『나를 아프게 하지 않는다』(지와인)

그 단순한 메시지가 당시 제겐 충격적으로 다가왔어요. '맞아. 안 되는 게 당연한데 나는 왜 못 받아들이지?' 저는 일할 때도 그랬거든요. 물론 안 되는 걸 부정하고 더 잘하게 될 수도 있지만 저는 안 되는, 못하는 저를 받아들이지 못해서 극한으로 밀어붙였어요. 스스로를 스트레스 상황으로 몰아세운 거예요.

무척 공감해요. 특히 어느 정도 연차가 쌓였을 때, 새로운 일보다 익숙한 일의 비중이 많아질 때쯤에는 '일이 안 되는' 게 마치 전부 내 탓 같고 그러더라고요. 일의 장애물을 있는 그대로 바라보기보다 내 역량 부족으로 인식하게 되죠.

회사에서도 처음 하는 일, 안 하던 일은 못할 수도 있잖아요. 원래 하던 이벤트 기획이 아닌 공간 기획 일을 제가 잘하지 못했던 건, 제 기대만큼 팀에 기여하지 못했던 건 너무 당연했던 거예요. 누구에게나 '아직 못하는' 시절이 있고 그렇게 2, 3년 쌓이다 보면 그다음에 자연스럽게 뭔가 있을 텐데 나는 왜 그걸 기다리지 못했을까 하는 생각이 많이 들었어요.

퇴사를 선택한 게 후회도 되던가요?

그렇지는 않았어요. (웃음) 그보다는 앞으로 나 자신에게 불만족하거나 좌절하는 순간이 왔을 때 스트레스 상황에 빠지지 않고 이겨낼 수 있는 방법을 알게 되었다고 생각해요. 나에게 실패하고 연습할 수 있는 충분한 시간을 줄 수 있게 되었고요. 그리고 발리에서 요가 수행을 하면서 제가 생각보다 기획하는 일을 훨씬 좋아한다는 사실을 깨달았어요. (웃음)

무척 흥미로운 이야기예요. 요가 수행을 하는 것과 기획하는 일 사이는 꽤 거리가 있어 보이는데요? (웃음)

요가라는 새로운 분야에 깊이 매료되면서 뭔가를 '좋아하는 감각'*을 되새길 수 있었어요. 그동안은 좋아하는 일을 하면서도 너무 익숙해서 무뎌졌던 감각이죠. 그 감각을 가지고 돌아보니 제가 정말 기획하는 일을 즐기면서 했더라고요. 내 의지대로 선택하고 결정해온 커리어가 아닌가 하는 회의감이 저를 무력하게 한 적도 있었기에 한편으로는 다행이었어요.

좋아하는 일에 대한 감각을 새로 깨운 것은 다시 일할 수 있는 좋은 동력이 되었겠어요.

내가 좋아하는 일, 하고 싶은 일을 아무리 생각해보고 찾아봐도 요가와 광고 기획 외에는 없더라고요. 발리에 간 지 석 달쯤 되었을 때 갑자기 큰 사고를 당해 서울로 돌아와야 했어요. 그 일이 아니었으면 저는 요가 수행자로 전업했을지도 몰라요. (웃음)

* 내가 하고 있는 일을 좋아한다는 마음에는 그 일을 잘 해내고 싶은 마음도 늘 함께 붙어 있다. 좋아하는 일을 잘 해내고 싶은 마음은 자연스럽고도 당연하다. 그런데 잘 해낸 경험이 쌓일수록, 일을 잘 해내고자 하는 마음이 일의 본질적인 즐거움을 순수하게 누리는 마음을 압도하는 순간이 찾아온다. 급기야는 잘 해내고자 하는 부담감이 좋아하는 마음을 의심하게 하고, 좋아하는 일을 계속하기 어렵게 만들기도 한다.
나 역시 그랬다. 새로운 이야기를 발굴하고, 콘텐츠를 만드는 일 자체가 정말 즐거웠다. 그러나 어느새 판매부수와 조회수, 혹은 클라이언트의 반응을 신경 쓰느라 새로운 시도를 하는 것에 망설이게 되었고 콘텐츠의 결과에 대한 스트레스와 압박감으로, 만드는 과정 자체를 즐기는 걸 자주 잊었다.
에세이 『나영석 피디의 어차피 레이스는 길다』에는 새로운 프로그램 기획에 골머리를 썩고 있는, 프로그램 성공에 대한 압박감으로 고생하고 있는 나영석 PD에게 동료 이우정 작가가 칼칼하게 정신이 들게 말하는 장면이 나온다. 우리가 언제부터 성공, 실패 따져가며 일했냐고. 재미있을 거 같고 꽂히면 하는 거 아니었냐고. 리얼 버라이어티 예능의 시초가 되어 15년째 4시즌을 이어오고 있는 KBS 〈1박 2일〉 역시 처음 시작할 때는 성공은 생각도 않고, 그저 그들끼리 즐거워서 한 작품이었다고 한다. "이번 것도 똑같아. 나도 드라마는 처음 써보는 건데 의외로 재밌더라고 이게. 망하면 망하는 거지 뭐." 여기서 이우정 작가가 '처음 쓰는 드라마'는 응답하라 시리즈였다.

좋아하는 일을 하며 살 수 있다는 것은 아무리 생각해도 생의 큰 행운이다. 이 행운을 결코 잃고 싶지 않다. 무언가를 '좋아하는 감각', 내가 하는 일을 '좋아하는 감각'을 환기하는 것으로 좋아하는 마음을 지킬 수 있다. 그리고 그 마음을 지키는 것으로 좋아하는 일을 지속할 수 있다. 일이 잘되고 잘못되고의 여부는 외부에 있지만, 좋아하는 마음은 오롯이 나만의 것이니까.

9개월 정도 갭이어를 보내면서 운 좋게도 퇴사할 때의 목표 두 가지를 모두 이뤘어요. 1) 처음 석 달은 아무 일도 안 하고 푹 쉬었고, 2) 제가 좋아하는 일이 무엇인지, 일을 좋아한다는 감각이 무엇인지도 알게 되었고요.

갭이어 이후 직장을 고를 때, 이전과 달라진 점이 있나요? 같은 업계이고, 또 비슷한 규모와 환경의 회사라 선택이 더 쉬웠을지 어려웠을지 궁금해요.

요가 수행 여행에서 깨달은 것들과는 조금 다른 부분이지만 일에 대한 태도, 일의 시간에 대한 개념이 조금 달라졌어요. 사고 후 재활 치료에 예상하지 못했던 지출이 많았어요. 치료비를 감당하면서 돈, 경제 감각을 뒤늦게 눈뜨게 되었죠. 요가 수행자로 계속 살고 싶어도 돈이 없는 거예요. (웃음)

내가 쉬는 시간을 포기하고 선택한 일의 시간이
얼마나 더 가치 있어야 하는지, 혹은 내가 쉬기로 결정한 시간을
얼마나 잘 쉬면 좋을지 좀 더 적극적으로 생각할 수 있게 됐어요.

이전에는 일에 대한 어떤 결정을 내릴 때 '내가 얼마나 좋아하는가?', '내가 얼마나 잘하는가?'를 기준으로 만족감을 측정했다면 이제는 일하는 '시간'에 대한 금전적 가치 역시 중요한 기준이 되었어요. 이전에는 내가 좋아하는 일을 잘하는 데에만 의의를 뒀다면, 일에 어느 정도의 얼마의 시간을 어떻게 썼을 때 얼마큼의 수익이 생긴다는 식의 개념도 중요해진 거죠. 그렇다고 이전에 제가 얼마를 벌든 상관없이 일했다는 것은 아니에요. 내가 가진 시간을 가치로 환산하는 감각이 좀 더 예민해진 거죠.

저도 프리랜서로 일할 때 내 노동 시간의 금전적 가치를 처음 느꼈던 것 같아요. 총 수입을 계산할 때 쉬는 시간이나 휴식 시간 비중을 고려하게 되더라고요. 내가 좀 더 쉬기로 '결정'하면서 좀 덜 버는 것을 받아들인달까요.

바꾸어 말하면 '쉬는 시간'에도 그만큼의 가치가 생기는 거예요. 일에는 어느 정도 시간을 쓸 것인지, 쉬는 데에는 어느 정도 시간을 쓸 것인지 계산하기 시작했어요. 내 시간당 페이에 대한 감각은 직장을 선택할 때도 영향을 미쳐요. 단순히 연봉을 더 깐깐하게 따지게 됐다기보다 내가 쉬는 시간을 포기하고 선택한 일의 시간이 얼마나 더 가치 있어야 하는지, 혹은 내가 쉬기로 결정한 시간을 얼마나 잘 쉬면 좋을지 좀 더 적극적으로 생각할 수 있게 됐어요.

바꾸어 말하면 '쉬는 시간'에도 그만큼의 가치가 생기는 거예요.

이런 생각을 하다 보니 자연스레 일과 삶의 균형을 맞춰 가게 되더라고요. 예전에는 일을 최우선으로 두고 엄청나게 많은 시간을 투입했거든요. '일=나'라고 생각해서 일에서 오는 성취감이나 만족감, 혹은 불만이 제 삶 전체를 흔들기도 했고요. 이제는 내가 하는 일을 좀 더 객관적으로 바라볼 수 있어요. 너무 당연한 이야기이지만 내가 받는 월급은 '노동의 대가'라고 생각해요. 회사에도 못 하겠는 일이나 하기 싫은 일에 대해 더 논리적으로 말하고, 제 의사 표현을 더 명확하게 할 수 있게 되었고요. 안 되는 것들을 어떻게든 되게 하려고 무리하게 애쓰지 않고, 나 자신을 자책하지도 않고요. 제 시간을 더 똑똑하고 효율적으로 쓰게 된 거죠.

내가 받는 월급은 '노동의 대가'라고 생각해요. 회사에도 못 하겠는 일이나 하기 싫은 일에 대해 더 논리적으로 말하고, 제 의사 표현을 더 명확하게 할 수 있게 되었고요.

'좋아하는 일을 하는 것'에 대한 감각과 기준을 정성적인 언어뿐만 아니라 정량적인 언어로도 이야기할 수 있게 되었네요. 감정이나 기분이 아니라 논리로도 이야기할 때 동료뿐만 아니라 나 자신도 납득시킬 수 있는 것 같아요. 그것이 건강하게 일을 지속할 수 있는 동력이 되기도 하고요. 앞에서 갭이어를 준비하지 못해 아쉬운 점이 있다고 했는데, 무엇이 아쉬웠어요?

통째로 쉴 수 있는 시간을 너무 계획 없이 맞이했어요. 회사 다닐 때는 자극도 많고, 보는 것도 많으니까 시간만 있다면 하고 싶은 일이 머릿속에 많잖아요. 그걸 좀 리스트업해뒀으면 좋았을 것 같아요. 막상 시간이 주어지니 구체적으로 하고 싶었던 일이 잘 떠오르지 않더라고요.

저는 휴식의 목적이 컸기 때문에 두 개의 추상적이고 큰 목표만을 가지고 있었는데, 평소에 구체적인 갭이어 투두리스트를 적어둔다면 몸과 마음을 회복하면서도 좀 더 의미 있게 시간을 쓸 수 있을 것 같아요. 영상 편집이나, 디자인을 배운다거나 하는 구체적인 목표가 있으면 정부에서 지원해주는 프로그램을 활용하기도 좋아요. 새로운 기술을 배우고 싶은 사람들에게 일정 금액을 지원해주는 '국민내일배움카드' 정책이 있는 것도 저는 나중에야 알았어요.

'운 좋게도' 갭이어를 결정하며 세웠던 목표 두 가지를 모두 이뤘어요. 비슷한 고민을 하는 분들에게 갭이어를 추천하시나요?

연차에 따라 장단점이 다를 것 같아요. 제 개인적인 생각이지만 커리어를 시작한 지 얼마 안 된 때에는 회사에서 좀 더 버텨보는 게 좋다고 생각해요. 저는 퇴사할 때 사실 그다음을 크게 고민하지 않았어요. '경력 단절'에 대해 심각하게 생각하지 않았거든요. 내가 원하는 때에 원하는 일을 다시 구할 수 있을 거라고 생각했어요. 결과적으로는 운이 좋았지만, 돌아보면 무모하고 용감했죠. (웃음) 쌓아놓은 시간이 있다면 내가 움직이고 싶을 때 더 자유롭게 움직일 수 있는 것 같아요.

언젠가 또 갭이어를 가지게 될까요?

내가 더이상 성장하고 있다는 느낌이 들지 않을 때, 정체감을 느낄 때 갭이어를 가질 수 있으면 좋겠어요. 몰두해서 하는 일에서 조금 벗어나야만 객관적으로 보이는 것들이 있어요. 일이 디폴트인 삶에서 떨어져, 내가 달리고 있는 방향이 맞는지 점검해보는 것이 필요하다고 생각해요.

제게 갭이어는 도로 위 휴게소 같아요.[*] 휴게소를 들르지 않으면 목적지에 조금 더 빨리 갈 수 있을지도 모르지만, 장거리 운전으로 사고 위험에 더 많이 노출될 수 있죠. 휴게소에 들러 허기를 채우고, 부족한 잠도 자고, 달리는 동안 보지 못했던 주변 경치도 둘러보는 시간이 필요하지 않을까요. 그 시간이 남은 길을 완주할 힘을 키워줄 거라고 생각해요.

[*] 평생의 커리어라는 긴 여정에서 중요한 것은 결국 완주해내는 것이 아닐까. 아무리 길을 헤매더라도, 엉뚱한 곳에서 시간을 보내더라도, 여하튼 무사히 끝까지 완주하는 것. 우리는 저마다 다른 여정을 각자의 속도와 방법으로 꾸려가고 있다. 누구보다 뒤처졌고, 앞섰고의 기준으로는 설명되지 않는 여정을 말이다.

김영하 작가는 『여행의 이유』에서 "인생과 여행은 그래서 신비롭다"라고 말했다. 처음 원하던 것을 얻지 못하는 것도, 과정 중에 예상하지 못하는 실패와 시련과 좌절을 겪는 것도, 그럼에도 불구하고 우리는 그 안에서 얼마든지 기쁨을 찾아내고 행복을 누리며 결국은 각자의 깊은 깨달음을 얻는 것도 참으로 신비롭다고 했다. 맞다. 우리는 이토록 신비로운 인생의, 일의 여정을 보내고 있다. 어딘가에 다다른 것으로는 다 설명되지 않는 길고, 복잡하고, 우여곡절 많은 이야기를 켜켜이 쌓아가고 있는 것이다.

나는 일과 삶의 '조화'를 이루고 있다고 믿었고,
일을 위해 삶의 영역을 기꺼이 내어주는 것이
'일을 잘하는 사람'이라고 생각했다.
일하는 삶이 무너지고 에너지가 바닥났을 때에야 비로소
삶에 빚지며 일하는 것이 '일과 삶이 조화'를 이루고 있다거나
'일을 잘하는 것'이 아니라는 것을 알게 됐다.

요가를 할 때는 어떤 동작이 안 된다고 하면
"너 이 동작 시작한 지 얼마나 됐어? 안 되는 건 당연한 거야.
안 되는 나를 받아들여야 하고"라는 거예요.
그 단순한 메시지가 당시 제겐 충격적으로 다가왔어요.
'맞아. 안 되는 게 당연한데 나는 왜 못 받아들이지?'

누구에게나 '아직 못하는' 시절이 있고
그렇게 2, 3년 쌓이다 보면 그다음에 자연스럽게
뭔가 있을 텐데 나는 왜 그걸 기다리지 못했을까 하는
생각이 많이 들었어요.

경력이 쌓이면서 실수와 실패를 하면 안 된다고 생각했다.
넘어지지 않으려 힘을 주다 보니 넘어지면 더 크게 다쳤다.
다치고 나서야 깨달았다. 많이 넘어져본 사람의
경쟁력이자 자랑은 더 이상 안 넘어지는 것이 아니었다.
잘 넘어지는 기술, 넘어져도 금방 털고 다시 일어나는
회복탄력성이었다.

내가 더이상 성장하고 있다는 느낌이 들지 않을 때,
정체감을 느낄 때 갭이어를 가질 수 있으면 좋겠어요.
몰두해서 하는 일에서 조금 벗어나야만
객관적으로 보이는 것들이 있어요.
일이 디폴트인 삶에서 떨어져, 내가 달리고 있는 방향이 맞는지
점검해보는 것이 필요하다고 생각해요.

갭이어는 도로 위 휴게소 같아요.
휴게소를 들르지 않으면 목적지에 조금 더
빨리 갈 수 있을지도 모르지만, 장거리 운전으로
사고 위험에 더 많이 노출될 수 있죠.
휴게소에 들러 허기를 채우고,
부족한 잠도 자고, 달리는 동안 보지 못했던
주변 경치도 둘러보는 시간이 필요하지 않을까요.
그 시간이 남은 길을 완주할 힘을 키워줄 거라고 생각해요.

평생의 커리어라는
긴 여정에서
중요한 것은 결국
완주해내는 것이 아닐까.
아무리 길을 헤매더라도,
엉뚱한 곳에서
시간을 보내더라도,
여하튼 무사히
끝까지 완주하는 것.

Fin.

나는 지금 내가
가고 싶었던 방향으로
가고 있는 걸까
?
?
?

다큐멘터리 PD 시절에는 커리어의 최종 목표가 구체적이고 명확했다. 백상예술대상이나 해외 영화제에서 내가 만든 작품이 상을 받는 것. 그때까지의 나를 만든 선배들 이름을 하나하나 부르며 내가 그들을 얼마나 존경하고 사랑하는지 이야기할 수상소감을 늘 마음에 품고 일했다. 무척 큰 꿈이었지만 명확했다.

방송국을 퇴사하고 모바일 콘텐츠를 만들기 시작하면서 커리어의 최종 목표가 희미해졌다. (요즘의 분위기는 조금 달라졌지만) 모바일 콘텐츠로 백상예술대상이나 해외 영화제 수상을 꿈꾸는 것은 현실적으로 불가능했다. 하지만 커리어를 시작하기 전부터 일하는 내내 품어왔던 최종 목표를 포기할 수 없었다. 한동안 목표 달성이 불가능해진 상황을 모른 척하며 일했다. 목표 없이, 과녁 없이 일한 것이다.

이후에는 만든 콘텐츠의 조회 수가 목표가 되기도 했고, 연봉이나 지위가 목표가 되기도 했다. 오래도록 품어왔던 목표보다 훨씬 현실적이었지만, 커리어를 길게 놓고 봤을 때 최종 목표, 과녁이라고 하기에는 목적보다 수단에 가까운 목표였다. 계속해서, 과녁 없이 일했다.

Scene 4.

여러 번의 퇴사와 이직을 거치며, '다큐멘터리 영상'만 만드는 일은 더이상 하지 않게 되었다. 제작자에서 기획자로, 방송 프로그램을 만드는 사람에서 온라인/오프라인/텍스트/영상/커뮤니티 등 온갖 형태의 콘텐츠를 만드는 사람으로 변해갔다. 다큐멘터리 PD라는 정체성보다 콘텐츠 기획자라는 정체성이 강해졌다. 이러한 변화를 정당화하고 논리를 만들기 위해 이력서에 '제작자에서 기획자로 커리어가 확장되었다'라는 표현을 쓰기 시작했다. 그리고 스스로도 그렇게 믿기로 했다.

포트폴리오는 그럴싸해졌다. 레거시 미디어에서 커리어를 시작해 뉴미디어로 옮겨왔고, 영상뿐만 아니라 텍스트 콘텐츠와 커뮤니티 콘텐츠를 아우르며 기획할 수 있는, 온라인과 오프라인을 넘나드는 전천후 콘텐츠 기획자의 커리어인 것처럼 포장할 수 있었다. 실제로 그렇게 커리어를 쌓아왔고 성과를 내온 것은 사실이지만, 사실과는 별개로 '이 커리어가 정말 내가 원했던 삶인가?', '원하던 일하는 자아의 모습이 맞나?' 하는 의문이 생겼다. 이런 생각이 나를 잠식했을 때 번아웃이 왔다. 내가 해온 일을, 내가 일해온 방식을 나 스스로가 충분히 자랑스럽게 여기고 존중하지 못했기 때문이다. 그동안 나는 정말로 과녁 없이, 무턱대고 일을 해온 걸까?

"일을 하는 동안에는 평생 진로 고민을 해야 하지 않을까요. 처음부터 100점짜리 일, 100점짜리 직장은 없어요. 오히려 여러 직무, 여러 회사를 거치면서 내가 꿈꾸는 커리어에 비해 내가 부족한 점이나 직장의 아쉬운 점을 끊임없이 발견하고 채워나가면 된다고 생각해요."

– 허윤 인터뷰 중에서

더 잘하고 싶고, 더 성장하고 싶은 마음이 클수록 일하는 사람의 진로 고민은 쉽게 해소되지 않는다. 그러한 고민의 지그재그가 결국 유일무이한 커리어 패스를 만드는 것 같다.

올림픽 양궁 챔피언의 경기 해설을 듣다가 흥미로운 부분이 있었다. 양궁의 과녁은 정말로 너무 멀리 있어서 늘 10점을 쏘는 선수들의 눈에도 과녁이 선명하게 보이지 않는다고 한다. 다만, 10점을 쐈을 때의 자세와 감각을 그대로 재현해 다시 10점을 쏠 수 있도록 훈련한다고 한다. 늘 커리어 고민을 하며 일하는 사람들의 과녁은 보이지 않을 만큼 멀리 있을 뿐만 아니라, 한자리에 있지도 않고 변화하고 움직이는 과녁 아닐까. 매일 하는 고민의 결과가 곧, 매일 내가 화살을 쏜 곳에 과녁이 생긴다는 마음으로 쏘는 10점짜리 화살은 아닐까.

20년 차 MD이자
브랜드 기획자 허윤은
지난해 여섯 번째
퇴사를 하고
세 번째 갭이어를
보내고 있는 중이다

.

.

.

캐주얼 브랜드와 럭셔리 패션 브랜드의 **MD**. 외국계 기업의 세일즈 매니저. 그리고 새로운 라이프스타일 브랜드의 론칭까지. 허윤은 짧지 않은 기간 동안 MD로서 경험할 수 있는 다양한 커리어를 거쳐왔다. 직장 내에서 성장의 욕구가 충분히 채워지지 않을 때, 일과 삶의 다음 챕터를 그려야 할 때 그동안 쌓아온 것들을 모두 내려놓고 과감히 갭이어를 선택했다. 감각이 녹슬지 않게 하고 더 오래 일을 잘하고 싶어서 한 선택이었다.

현재 세 번째 갭이어를 보내는 그의 작업실에서 여섯 번의 퇴사와 세 번의 갭이어 과정에 대한 이야기를 나누었다. 대화는 갭이어뿐만 아니라 **20**여 년에 걸친 그의 커리어 전반으로 자연스럽게 흘렀다.

인터뷰 내용을 정리하며 그가 '번아웃'이라는 말을 한 번도 쓰지 않았다는 점을 깨닫고 조금 놀랐다. 그리고 이 인터뷰 프로젝트를 구상할 때, '번아웃'이 아닌 '갭이어'라는 키워드에 집중했던 이유를 다시 생각해보게 되었다. '일하는 사람들'에게 갭이어는 번아웃을 겪어야만 선택하는 마지막 처방이 아니다. 좋아하는 일을 지속하기 위해, 커리어에서 건강하게 성장하기 위해 이직이 아닌 다양한 방식으로 자기만의 시간을 보내는 방법이기도 하다.

나보다 10여 년을 더 일한 '선배'의 커리어 고민은 인상적이면서도 도전이 되었다. 갭이어가 필요한 순간은 한창 달리고 난 뒤의 30대가 마주하는 일시적인 파도가 아니라, 일하는 삶 내내 필요한 영점조절의 모멘트일 수 있겠다고 생각했다. 그와의 대화를 통해 갭이어를 커리어의 단절이 아니라 일과 삶의 다음 챕터로 연결하는 방법으로 삼는 힌트를 얻을 수 있었다.

Start.

이번이 첫 번째 갭이어가 아닌데요. 요즘 어떻게 지내고 있나요.

20년간 퇴사는 여섯 번을 했는데 갭이어는 이번이 세 번째인 것 같아요. 일을 시작하고 4년 차에 첫 번째 갭이어를 이탈리아에서 1년 정도 보냈고, 12년 차에 두 번째 갭이어를 보냈어요.

요즘엔 MD를 뭐(M)든지 다(D)하는 직업이라고 하잖아요. (웃음) MD의 역량이 필요한 회사가 다양해져서 스타트업이나 직무 교육 플랫폼에서 종종 강연을 하고 있어요. 20년간 MD와 브랜드 기획 일을 하면서 경험하고 배웠던 것들을 정리한 책 『기획하는 사람, MD』를 출간하기도 했고요.

첫 번째 갭이어가 무려 17년 전이네요. 그때는 지금처럼 퇴직 후 공백이 흔할 때도 아닌데, 꽤 용기가 필요한 선택이었겠어요.

저는 패션과 경영을 전공하고, 캐주얼 브랜드에서 MD 일을 시작했어요. 처음 입사한 브랜드는 2000년대 초반에 정우성, 전지현을 모델로 쓸 정도로 꽤 잘나가는 회사였어요. 선배나 동료도 능력 있는 분들이었고. 지금 생각하면 그때 치열하게 일을 많이 배웠어요.

좋은 회사였지만 그땐 제가 '패션'업계에서 성취하고 싶었던 게 더 컸어요. 좀 더 화려하고 럭셔리한 제품을 다루고 싶었죠. 그 로망은 아무리 좋은 환경에서 일해도 안 채워지더라고요. 팀장으로 승진까지 했는데 갈수록 일이 너무 재미없었어요. (웃음) 더 늦기 전에 제대로 도전해 봐야겠다 싶어서 이탈리아 어학원을 다니면서 유학 준비를 했어요. 그때가 스물아홉 살 때인데 지금 생각하면 젊고 아이도 없어서 그렇게 호기로웠다 싶어요. 물론 이후로도 계속 '좋아하는 일'을 찾아 여러 엉뚱한 선택을 하긴 했지만요. (웃음)

막상 유학을 가보니 어땠어요? 팀장 승진까지 하고도 유학을 간 거라면 포기해야 하는 것이 많았을 듯해요.

오히려 회사와 사회 경험을 치열하게 하고 다시 학생이 되니 훨씬 좋았어요. 내가 성장하기 위해 필요한 것이 무엇인지 더 잘 보였어요. 어릴 때보다 내 취향도 더 잘 아는 상태이니까 정말 풍요롭게 지냈어요. 물질적인 것이 아니라 문화적으로요. 돈은 없고 시간만 많았죠. (웃음)

마냥 놀고 싶어서 회사를 그만두고 이탈리아에 간 게 아니라, 나라는 사람이 한 단계 업그레이드되고 싶다는 욕구가 강했어요. 목표가 명확했던 거죠. 그때 정말 좋은 것들을 많이 보고, 많이 공부했어요. 꿈을 향해 다가간다는 기분으로 하루하루를 보내다 보니까 한국으로 돌아가서 다음 회사는 어떡할지, 무슨 일을 해야 할지 걱정이 없었어요. 커리어에 대한 불안함보다 '내가 지금 원하는 걸 하고 있어'라는 충만함이 가장 컸던 것 같아요.

첫 번째 갭이어는 휴식이라기보다 재교육, 성장의 시기였네요. 직장에서 다 채워지지 않았던 경험이나 배움에 대한 욕구가 많이 충족됐겠어요.

맞아요. 이탈리아에서 공부가 끝나갈 때쯤엔 여기서 배운 걸 빨리 현장에서 써먹고 싶었어요. 드디어 정말 하고 싶었던 럭셔리 산업에 들어갈 수 있겠다 생각했죠.

한국에 돌아오기도 전에 헤드헌팅사에 컨택해서 몇 군데 이력서를 넣었어요. 대기업 경력 공채도 넣고, 프라다같이 유명한 외국계 회사들도 넣었는데 다 떨어지는 거예요. (웃음) 그전까지는 불안하지 않았는데 '어라?' 싶었어요. 그러다 다섯 번째 면접을 본 곳에 붙었어요. 거기서 10 꼬르소 꼬모*를 국내에 론칭하는 프로젝트를 맡게 되었죠. 운이 좋았다고 생각해요.

정말 하고 싶었던 직무를 맡아보니 그간의 로망이 채워지던가요?

한동안 정말 신나게 일했어요. 밀라노 편집숍을 서울에 론칭하는 프로젝트였기에 이탈리아에서 유학한 경험이 직접적으로도 도움이 많이 됐어요. 당시 패션업계에서는 캐주얼 분야에서 커리어를 쌓다가 럭셔리 분야로 이직하는 것이 흔하지 않았고, 쉽지 않은 일이었어요. 그럼에도 저는 첫 번째 갭이어를 거치며 결국 스스로 기회를 만들었다는 점이 무척 뿌듯했어요. 그런데 막상 20대 내내 원했던 일을 원 없이 하고 나니 '이게 내가 정말 원했던 일인가?' 하는 생각이 들더라고요.

* 10 꼬르소 꼬모(10 corso como)는 밀라노의 꼬르소 꼬모 10번지에서 출발한 멀티 편집숍의 서울 매장으로, 2008년 삼성물산이 강남구 청담동에 론칭했다. 《보그 VOGUE》지 패션 에디터였던 까를라 소짜니의 지휘 아래 만들어진 이 편집숍에는 세계 유명 패션 브랜드들이 입점해 있다. 패션숍뿐만 아니라 갤러리, 서점, 레스토랑, 호텔도 운영하는 복합 문화공간이다.

'이게 내가 정말 원했던 일인가?' 하는 생각이 왜 들었을까요? 일이 육체적으로 너무 힘들었나요?

그보다 막상 딥 다이브deep dive해서 일을 해보니 일의 형식이 아닌 일의 본질을 고민하게 되었어요. 오랫동안 꿈꿔온 일인데 의외로 저와 안 맞는 거예요. 겉모습만 화려한 럭셔리 시장에서 일하는 데에 회의감 같은 것도 생겼던 것 같아요. 해외 패션쇼를 다니면서 예쁘고 화려하고 비싼 옷을 마음껏 보고 골라오는 게 무척 재미는 있는데 어딘가 공허하고 비현실적이라고 느꼈어요. 이후로 다른 브랜드에서 더 권한이 크고 사업 규모가 큰 해외 패션 바잉 MD 직무 오퍼가 와도 예전처럼 설레지가 않았어요.

그래서 두 번째 갭이어를 선택했나요?

아뇨, 아직 아니에요. (웃음) 쉬면서 생각하기보다 환경을 바꿔보고 싶었어요. 스스로에게 좀 더 동기부여를 할 수 있는 환경으로요. 그래서 고민 끝에 국내에 새롭게 론칭하는 SPA 브랜드로 이직했어요. 이땐 MD가 아닌 매장 세일즈 매니저 직무를 선택했고요. 럭셔리 시장보다 좀 더 현실적이고, 사업적인 측면을 함께 고민할 수 있는 시장으로 가고 싶다는 생각이 컸어요. 한국 마켓에서 SPA 브랜드가 더 성장할 텐데 그 안에서 저도 더 성장하고 싶었고, MD 직무가 아니어도 현장의 감각을 키우는 게 중요하다고 생각했어요.

이직 후 이전에 했던 일이 아닌 새로운 일을 해내야 했어요. 매장에서 보다 직접적으로 매출을 관리하고, 서른 명의 직원을 관리해야 했어요. 나중에는 본사 HR 업무도 하게 되었고요. 그동안은 커리어의 목표가 '나의 성장'에 중심이 맞춰져 있었다면 이제는 나 외에 다른 사람을 성장시키고 역량을 키우는 것도 중요 미션이 된 거예요.

새로운 미션이 생기니 그동안과는 조금 다른 측면으로 일에 대한 동기부여도 생겼을 것 같아요.

해보지 않았던 새로운 일을 해내는 것이 기대만큼 수월하지는 않았어요. 경험해보지 않았던 일에서 오는 갈등도 꽤 있었고요. 아이를 낳은 지 얼마 안 된 때여서 어느 정도는 그 책임감으로 버텼던 것 같아요. 그동안 커리어에서 원하는 것들은 운으로든, 노력으로든 다 이뤄왔다고 생각했는데 처음으로 제 선택을 후회했어요. 그리고 그때 저는 MD 일을, 관리보다는 기획하는 일을 좋아한다는 사실을 명확히 알게 되었어요. 새로운 일을 해보니 오히려 제가 정말 좋아하는 일에 대한 확신이 생긴 거죠.

처음으로 제 선택을 후회했어요. 그리고 그때 명확하게 알게 되었어요. 새로운 일을 해보니 오히려 제가 정말 좋아하는 일에 대한 확신이 생긴 거죠.

'이 선택이 정말 맞을까?'

'이직하면 내가 정말 행복하게 일할 수 있을까?'

'내가 언제까지 이 일을 할 수 있을까?'

좋아하는 일에 확신이 생겼는데 두 번째 갭이어를 선택하게 된 이유는 무엇인가요?

한창 커리어로 고민하고 있을 때 백화점 명품 부문 바잉 MD로 이직 제안을 받았어요. 연봉과 입사 일정도 다 조율했는데 이상하게 기대감이나 설렘이 안 생기는 거예요. MD 일을 다시 할 수 있는 좋은 기회이지만, 저는 이미 럭셔리 분야에서 회의감을 느꼈었잖아요. '이 선택이 정말 맞을까?', '이직하면 내가 정말 행복하게 일할 수 있을까?', '내가 언제까지 이 일을 할 수 있을까?' 하는 근본적인 질문이 생겼어요. 저는 제가 좋아하는 일을 오래 하고 싶거든요. 애초에 이 제안을 받아들인 이유가 남들이 봤을 때 좋은 회사 또는 기회여서인지, 내가 정말 하고 싶어서인지 다시 생각해봤어요.

20대 때 갭이어를 선택하는 것과 30대 중후반에 갭이어를 선택하는 것은 무게랄까, 각오가 좀 다를 듯해요.

스물아홉 살 때 선택했던 첫 번째 갭이어는 오히려 심플했어요. '내가 가고 싶은 커리어를 위한 기회를 만들고 역량을 쌓자' 목표가 명확했죠. 그래서 마냥 신나고 희망에 가득차 있었다면, 서른여덟 살 때 두 번째 갭이어를 앞두고는 스스로에게 질문도 많았고 그 내용도 복합적이었어요. '나는 뭘 해야 하지?' '어느 길로 가야 하지?' '내가 갈 수 있는 길은 무엇이지?' 갭이어를 가져야 할지 말지, 지금 갭이어를 가져도 되는지조차 고민이었으니까요.

'나는 뭘 해야 하지?'
'어느 길로 가야 하지?'
'내가 갈 수 있는 길은 무엇이지?'

무엇이 두 번째 갭이어를 선택할 수 있는 용기를 주었나요?

그동안 나와 일했던 사람들이 내게 잘한다고 해줬던 일이 무엇인지, 내가 일을 하면서 기쁘고 보람을 느꼈던 순간이 구체적으로 언제였는지 회고해봤어요.*

HR 일을 할 당시 대학에서 특강이나 코칭할 일이 종종 있었는데요. 강의를 준비할 때는 몰랐는데 막상 제 커리어에 대해 여러 번 이야기를 하고 보니 길을 잃고 헤매고 있는 취업 준비생들, 사회 초년생들에게 제가 줄 수 있는 커리어 가이드들이 있더라고요.

그때만 해도 학생들에게는 대기업 몇 군데 정도가 상상할 수 있는 옵션의 전부였을 텐데 제 커리어 스토리는 그게 아니잖아요. 심지어 중간에 쉬기도 했고요. 한 회사에서 쭉 커리어를 쌓지 않고 패션, 혹은 MD라는 큰 틀에서 그때그때 제 마음대로 했던 선택들이 누군가에게는 좋은 케이스 스터디가 될 수 있다는 것을 처음 알았어요. 그때 학생들의 피드백을 받고 막 가슴이 뛰고 뿌듯했던 기억이 나더라고요. 직장에서도 후배들에게 커리어 조언을 해줄 때, 나의 경험이 누군가 어려운 길로 돌아가지 않도록 도움을 줄 때 기쁘고 보람을 느꼈고요.

내 안의 이야기들을 얻마나 솔직하고 치열하게 마주하느냐에 따라 흩틀린 이야기의 중점을 다시 세울 수 있는 힘이 생긴다.

갭이어를 앞두고 스스로에게 던졌던 질문들의 답이 무엇인지는 여전히 모르겠지만, 실마리는 그 어딘가쯤에서 찾을 수 있지 않을까 싶었어요. 내 손에 쥐고 있는 것은 어느 것도 충분히 마음에 들지 않으니 일단 '실마리를 따라가보자' 하고 용기를 냈던 것 같아요.*

질문에 답을 가지고 있지 않아도 다음 단계를 실행할 수 있다는 건 대단한 용기 같아요.
20여 년 동안 대부분의 시간을 MD로 살았지만 직무뿐만 아니라 직업과 진로 고민을 정말 많이 했어요. '이 일이 내게 맞을까' 고민만 하고 있지 않았던 것, 일단 실행해본 것이 가장 잘했다고 생각해요. (웃음)

---

* 나와 관련된 일들의 답은 사실 대부분 내 안에 있다. 그런데 이 답들은 어떤 내가 보기에는 실망스럽고, 마음에 들지 않을 수도 있다. 그래서 그동안 '답이 없다'라거나 '답을 모르겠다'라고 외면해오던 것도 있다. 하지만 내 안의 이야기들을 얼마나 솔직하고 처절하게 마주하느냐에 따라 흔들린 이야기의 중심을 다시 세울 수 있는 힘이 생긴다.

이야기를 만들고 쓰는 것이 직업인 무라카미 하루키조차 『달리기를 말할 때 내가 하고 싶은 이야기』에서 도저히 글을 쓸 수 없겠다고 느낄 때, 무슨 문장을 써도 만족스럽지 않을 때가 있다고 했다. 그럴 때면 그는 일단 그가 느끼고 있는 것, 생각하고 있는 것, 그를 이루고 있는 것들을 그대로 꺼내놓는다고 한다. "아무튼 거기서부터 시작할 수밖에" 없기 때문에.

신입 기간을 막 벗어났을 땐 더 배우고 싶은 것이 명확해서 이탈리아에 갔고, 내가 정말 좋아하고 잘하는 일이 무엇인지 알고 싶어서 세일즈 매니저로 직무를 바꿔보기도 했고요. 시장 상황이 변하는 것에 따라 내 능력의 한계와 나의 진정한 관심사를 알아보기 위해 여러 시도를 했어요. 물론 시행착오도 많았지만요. 커리어를 찾는 과정에서 갭이어든, 이직이든 고민보다 일단 실행을 했던 선택들이 지금의 저를 만든 것 같아요.

제 분야에 대해 보다 본질적인 공부를 제대로 해서 이런 경험을 후배들에게 나눠주고 싶었어요. MD를 꿈꾸거나 브랜드에서 커리어를 쌓고 싶은 후배들에게 더 구체적이고 전문적인 조언을 해주고 싶은데 제가 유명한 사람이 아닌 이상 언제까지 제 커리어 이야기만 할 수는 없잖아요. 제게 계속 강의나 코칭의 기회가 주어질 거라는 보장도 없고요. 꼭 연구원, 정교수가 되기 위한 박사과정이 아니라도 학문적인 실체가 있으면 제 경험을 녹여서 다른 사람들을 도울 수 있을거라 생각했어요.

그렇게 두 번째 갭이어를 보낸 뒤에도 현장으로 돌아가 MD 일에 복귀했어요.

현장을 떠나 제가 그동안 했던 일을 정리하고, 업계에 대해 좀 더 본질적으로 공부하는 시간을 갖다 보니 좋은 기회들이 찾아왔어요. 신기한 게 제 커리어에서 가장 힘든 시기라고 생각했던 SPA 브랜드에서의 세일즈 매니저와 HR 업무 경험이 이후 커리어에 여러 도움이 되었어요. 당시 매장에서 매니저들을 관리했던 경험, 판매 사원들의 실적을 평가하는 시스템을 만들었던 경험, 채용을 관리하고 직원들에게 동기를 부여하는 코칭 프로그램을 만들었던 경험을 바탕으로 신규 쇼핑몰이나 편집숍을 론칭하는 사업에 참여할 기회를 얻을 수 있었어요.

그리고 이전보다 훨씬 안정적으로 제 역량을 펼칠 수 있었어요. 두 번째 갭이어를 보내면서 제가 특히 기쁘고 보람 있었던 순간이 후배들에게 제 커리어 경험을 나누는 일이라는 것도 알게 되었잖아요. 혼자 내달리는 게 아니라 팀으로 함께 달릴 수 있어서 더 즐겁게 일할 수 있었어요.

여러 회사와 직무를 거치며 제가 경험한 것들 중 결국 버릴 것은 없다는 생각이 들어요.* 몇 년 전에, 이런 경험을 글로 엮은 에세이 『뭐 어때, 떠나도 괜찮아』를 출간하기도 했어요. 작은 실행들이 앞으로 나아갈 수 있는 발판을 만들어주는 것 같아요.

---

* "우리는 같이 살기 위해서 더 시끄럽게 서로의 차이를 이야기할 수 있어야 한다. 사랑하기 위해서 더 요란하게 서로를 경험할 수 있어야 한다."
　　　　　　　　　　　– 박보나 지음, 『태도가 작품이 될 때』(바다출판사)

콘텐츠 기획의 일에서 톤앤매너, 핏, 그리고 태도만큼 주관적인 말이 없지만 포기하기 어렵고 포기하고 싶지 않은 말들이다. 결과만큼이나 과정이 중요한 사람들과 일할 때의 기쁨과 슬픔은 모두 태도에서 온다.
일을 열렬히 사랑하는 사람들, 그 사랑하는 일을 잘하고 싶은 사람들, 뜨겁게 흘러넘치다가 어느새 얼어붙어버리는 그 마음들이 뒤섞인 채 나만의 좌표를 찾기 위해 헤매는 시간 자체가 우리가 사랑하는 우리의 일이 된다.

갭이어를 휴식의 시간이라기보다 커리어에서 다음 단계의 도약을 위해 동력을 얻는 시간으로 쓴 것 같아요.

그럴 수 있겠네요. 저는 퇴사에 대한 결정보다 넥스트 스텝을 결정하는 데에 훨씬 더 오래 시간을 쓰는 것 같아요. 일에 대한 동기가 떨어지거나 재미가 없어지면 퇴사는 빠르고 단호하게 결정하는 것 같고. (웃음) 반면 퇴사를 여섯 번이나 했는데도 '다음에는 뭐하지?'라는 고민을 여전히 하고 있어요.

20년 차가 되어도 진로 고민은 계속해요. 20대 땐 30대가 되면 더 이상 고민이 없을 것 같고, 30대 땐 40대가 되면 일에 고민이 없을 것 같죠. 하지만 일을 하는 동안에는 평생 진로 고민을 해야 하지 않을까요.

처음부터 100점짜리 일, 100점짜리 직장은 없어요. 오히려 여러 직무, 여러 회사를 거치면서 내가 꿈꾸는 커리어에 비해 내가 부족한 점이나 직장의 아쉬운 점을 끊임없이 발견하고 채워나가면 된다고 생각해요. 그 과정에서 필요하다면 '갭이어'라는 방식도 적극적으로 활용하고요.

저는 사실 제가 여태까지 잘해왔다고 생각했는데, 이렇게 일을 쉬면서까지 내 일의 본질을 고민하게 될 줄 몰랐어요. 일과 삶의 영점조절을 이렇게 총체적으로 해야 할 줄 몰랐던 거죠. (웃음) 그래서 갭이어를 선택하는 과정도 막막했고요.

달리고 있을 때는, 트랙 위에 있을 때는 보이지 않는 것들이 있는 것 같아요. 일에서 조금 떨어져야만 나 자신, 나의 일하는 모습, 그리고 내가 일에서 정말 좋아하고 잘하는 요소들이 무엇인지 알 수 있어요. 제게 갭이어는 일에 대한 나의 본질적 욕망에 솔직할 수 있었던 시간이기도 한 것 같아요. 내 본질적 욕망을 잘 알게 되면, 외부 환경과 조율을 해나가기도 좀 더 쉬워지죠. 결국 다양한 모습의 '일하는 나'를 받아들이는 데에 필요한 과정이었던 것 같아요.

달리고 있을 때는, 트랙 위에 있을 때는
보이지 않는 것들이 있는 것 같아요.
일에서 조금 떨어져야만 나 자신,
나의 일하는 모습, 그리고 내가 일에서
정말 좋아하고 잘하는 요소들이
무엇인지 알 수 있어요.

저 역시 지금 제게 필요한 일과 삶에서의 영점조절을 마치고 나면 그걸 기준으로 다시 조직으로 돌아갈 수도 있고, 새로운 비즈니스를 시작해볼 수도 있을 것 같아요. 어떤 방식으로든 앞으로도 계속 일을 할 거예요. 일을 더 오래, 잘, 행복하게 하고 싶어서 이런 시간을 갖는 거니까요.

'이 일이 내게 맞을까' 고민만 하고 있지 않았던 것,
일단 실행해본 것이 가장 잘했다고 생각해요.
갭이어든, 이직이든 고민보다 일단 실행을 했던 선택들이
지금의 저를 만든 것 같아요.

작은 실행들이 앞으로 나아갈 수 있는
발판을 만들어주는 것 같아요.

20년 차가 되어도 진로 고민은 계속해요.
20대 땐 30대가 되면 더이상 고민이 없을 것 같고,
30대 땐 40대가 되면 일에 고민이 없을 것 같죠.
하지만 일을 하는 동안에는 평생 진로 고민을 해야 하지 않을까요.

처음부터 100점짜리 일, 100점짜리 직장은 없어요.
오히려 여러 직무, 여러 회사를 거치면서 내가 꿈꾸는
커리어에 비해 내가 부족한 점이나 직장의 아쉬운 점을
끊임없이 발견하고 채워나가면 된다고 생각해요.

더 잘하고 싶고, 더 성장하고 싶은 마음이 클수록 일하는 사람의
진로 고민은 쉽게 해소되지 않는다. 그러한 고민의 지그재그가
결국 유일무이한 커리어 패스를 만드는 것 같다.

갭이어는 번아웃을 겪어야만
선택하는 마지막 처방이 아니다. 좋아하는 일을 지속하기 위해,
커리어에서 건강하게 성장하기 위해 이직이 아닌
다양한 방식으로 자기만의 시간을 보내는 방법이기도 하다.

내 본질적 욕망을 잘 알게 되면,
외부 환경과 조율을 해나가기도 좀 더 쉬워지죠.
결국 다양한 모습의 '일하는 나'를 받아들이는 데에 필요한
과정이었던 것 같아요. 어떤 방식으로든 앞으로도 계속 일을 할 거예요.
일을 더 오래, 잘, 행복하게 하고 싶어서 이런 시간을 갖는 거니까요.

달리고 있을 때는,
트랙 위에 있을 때는,
보이지 않는 것들이
있는 것 같아요.
일에서 조금 떨어져야만
나 자신, 나의 일하는
모습, 그리고 내가
일에서 정말 좋아하고
잘하는 요소들이
무엇인지 알 수 있어요.

Fin.

Light
Up The Sky

한창 여러 프로젝트를 하며 뚜렷한 방향 없이 나를 혹사시키던 2020년 6월 26일.* 미팅을 가던 택시 안에서 남편에게 카톡을 받았다.

"시간 될 때 〈How You Like That〉 뮤직비디오 좀 봐봐. 이건 당신이 봐야 할 것 같아."

갑자기 무슨 아이돌 뮤직비디오 얘기인가. 승리의 버닝썬 게이트로 폭락했던 YG 주식이 BLACK PINK(이하 블랙핑크) 컴백 이후 딱 두 배가 된 게 너무 신기해서 '대체 블랙핑크가 뭔데 이러는지 (주식이나) 한번 봐줘'라는 내 부탁에 대한 답변이었다.

---

* 블랙핑크의 〈How You Like That〉 뮤직비디오는 2020년 6월 26일, 한국 시간으로 오후 6시에 유튜브를 통해 최초 공개됐다. 공개된 지 24시간 만에 8,630만 뷰를 기록했고, 이로 인해 기네스 신기록 5개 부문에 등재되었다.

Insert Cut.

평소 나에게 꼭 필요한 맞춤형 뉴스와 콘텐츠를 누구보다 잘 큐레이션해주는 사람의 추천이자 당부였지만, 귀찮아서 흘려들었다. 여러 프로젝트의 미팅을 마치고 밤늦게 귀가하자마자 남편은 또 블랙핑크 소식을 전했다. "유튜브 사상 최단 시간 1억 뷰 돌파래." 그게 뭐, 싫었지만 동시에 3분밖에 안 걸리는데 뭐, 싶어 TV에 영상을 띄워놓고 옷을 갈아입으며 봤다. 그리고 옷을 채 갈아입지 못했다.

그날 밤, 블랙핑크의 〈How You Like That〉 영상을 다섯 번은 연달아 본 것 같다. 바로 다른 뮤직비디오들도 찾아봤다. 급기야 음악프로그램 무대 영상들도 보기 시작했다. 요즘은 아이돌 덕질하기가 참 좋은 세상이다. 4인 그룹이 한 번 무대를 하면 총 6개의 영상이 올라온다. 본방 영상 1개, 각 멤버별 직캠 4개, 그리고 전체 그룹 직캠 1개. 공식 채널에는 기획사에서 생산해놓은 수백 시간에 달하는 오리지널 콘텐츠도 있다. 시간과 체력이 닿는 한 보고 또 봤다. '그렇게 나는 블랙핑크가 데뷔한 지 4년이 지난 어느 날 밤 갑자기 블링크BLINK가 되었다'라고 간단히 고백해버리기엔 이 '덕통사고'는 좀 이상한 데가 있었다.

블랙핑크의 〈How You Like That〉 뮤직비디오를 처음 봤을 때는 그저 독특하고 아름다워서 멋있었다. 음악도, 춤도, 의상도, 연출도 정말 탁월하다고 감탄했다. 그런데 다른 퍼포먼스 영상들을 볼수록 자꾸 눈에 들어왔던 건 로제, 제니, 리사, 지수 네 명의 멤버가 제각각 음악과 퍼포먼스에 완전히 몰입해 있는 표정과 진지한 눈빛이었다. 나를 봐주길, 나를 사랑해주길 바라는 불안한 몸짓이 아니었다. 이들은 모두 스스로가 무대 위에서 무엇을 하고 있는지, 무슨 이야기를 하고 싶은 건지 확신에 차 있었다. 그리고 묘하게 '칼각'이 맞지 않는 듯한 군무를 추면서도 압도적인 아우라를 뿜어내는 퍼포먼스는 신기하고 감동적이기까지 했다. 멤버별 직캠 영상을 보면 더 선명하게 느껴지는데 네 명의 무대를 동시에 볼 때와, 멤버별 직캠 무대는 모두 다른 인상을 준다. 마치 일부러 각자의 색깔대로 춤을 추는 것처럼.

'그룹으로 활동하는 아이돌이, 칼군무가 사랑받는 K팝 시장에서 어떻게 저마다의 개성을 유지할 수 있을까?' '이렇게 서로 다른데 어떻게 팀이 깨지거나 어수선해지지 않고, 완벽한 하나를 이뤄낼 수 있을까?' 블랙핑크의 무대와 퍼포먼스를 볼 때마다 떠오르는 질문은, 일하는 삶의 방향을 잃고 헤매는 나 자신에게 가진 물음표 같았다.

넷플릭스 다큐멘터리 〈BLACKPINK: LIGHT UP THE SKY(세상을 밝혀라)〉에서 블랙핑크의 프로듀서 테디는 이런 이야기를 한다. "서로 다른 문화들을 한데 모은 거예요. 걷고 말하고, 입는 방식까지 전혀 다른 네 사람을요. 네 사람이 서로를 보완하며 완벽한 균형을 이루죠." '서로를 보완하며 완벽한 균형을 이룬다'는 건 팀으로 일하는 세상의 모든 사람이 꿈꾸는 이상일 것이다. 서로 다른 개인으로 존재하면서도, 또 하나의 완벽한 팀을 이루는 것은 우연이 아니라 단단하게 기획하고 치열하게 노력한 결과였다. 테디는 이 다큐멘터리에서 개인과 팀의 조화로운 이상향을 제안하는 것을 넘어 좋은 선배이자, 기획자의 마인드를 보여준다.

"시대가 바뀌었으니까 제가 젊었을 때 필요했던 그런 사람이 되어주고 싶었어요. 조금 거리를 두고 이 일을 보며 내게 어디로 가야 할지 알려주는 그런 사람이 없었거든요."

팀을 이뤄 멋진 시너지를 내지만, 각 개인으로도 자신만의 색깔이 뚜렷한 점. 팀의 성과로 역사를 써나가기 시작했지만, 팀의 성공에 압도되지 않고 각 개인도 치열하게 성장하는 점. 개인들의 성장이 다시 팀의 퀀텀 점프 Quantum Jump 를 이뤄내는 점. 그리고 사실은 이 모든 과정을 연출하고 만드는 무대 뒤의 든든한 선배까지. 이렇게 만난 블랙핑크가 꾸려지고, 성장하고, 빛나는 일련의 과정들은 감탄과 덕질을 넘어 내가 일하는 삶에서 가장 소중하게 여기는 요소들을 직관적으로 돌아볼 수 있게 했다. 어떤 환경에서, 어떤 동료들과, 어떻게 일하고, 성장하고, 그리하여 일을 사랑하는 나로서 어떻게 행복하고 싶은지 분명해졌다.

〈BLACKPINK: LIGHT UP THE SKY(세상을 밝혀라)〉의 마지막 장면, 첫 월드투어의 마지막 무대에서 로제*는 이렇게 말한다. "여러분은 무대 위의 모습만을 보시지만 우리 모두 힘든 과정을 정말 많이 거쳤고… 저는 우리가 정말 자랑스러워요." 무대 위에서 한없이 반짝거리면서도, 사실은 그동안 정말 힘들었다고 솔직하게 말하는 용기가 무척 인상적이었다. 다시 트랙 위에 올라가 예전처럼 열렬히 뛰게 되어도, 한동안 지쳐서 쉬어야만 했던 지금의 나를 자랑스러워해야겠다고 마음먹었다. 나와 비슷한 시간을 보낸, 소중한 이야기를 나눠준 동료들 역시 앞으로도 계속 자랑스러워할 것이다. 우리가 우리의 애씀을 인정하고, 사랑하고, 자랑스러워할 때 우리는 또다시 열렬히 뛸 수 있는 에너지를 채울 수 있지 않을까.

* 나의 최애 로제는 처음 YG의 연습생이 될 당시 춤을 전혀 출 줄 몰랐다고 한다. 싱어송라이터가 되겠다며 기타 하나 달랑 메고 한국으로 건너온 10대 소녀는 성장에 성장을 거듭하며 결국 전 세계인이 최단 시간 동안 가장 많이 본 무대의 주인공이 되었다. 그리고 그는 이제 독특한 보컬 음색뿐만 아니라 파워풀하고 매력적인 퍼포먼스로도 주목받고 있다. 이 멋진 모습 뒤에 눈물 흘리며 자랑스러워할 '힘든 과정'이 있었다고, 당당하게 이야기하는 그를 어찌 사랑하고 리스펙하지 않을 수 있을까.

나는
어떤 환경에서
잘 자라는가
?
?
?

회사에서 만나, 회사 밖에서도 여러 프로젝트를 함께하며 서로의 커리어 고민을 나눠온 동료가 방울토마토를 키운 적이 있다. 대체 언제 열매를 맺을지 친구들 사이에 매일의 뉴스거리였는데 우리는 볕과 바람과 수분과 흙만 좋으면, 정성을 다해 보살피면 열매를 맺을 거라 생각했다. 그러나 비슷한 시기에 심은 다른 이의 토마토보다 열매가 한참 늦었고, 더 좋은 환경을 주려는 마음으로 분갈이를 했더니 이후 급격히 시들해지다가 결국 토마토별로 돌아갔다. 우리는 너무 더운 날 무리해서 분갈이를 했던 탓이라고 추정했다. 식물이 건강하게 자라는 데에 필요한 햇빛, 바람, 수분의 균형 값이 식물마다, 그리고 토마토마다 다르지 않을까 조심스럽게 결론 내렸다. 마치 회사에서의 우리들처럼 말이다.

Scene 5.

2019년 6월부터 독립기획자로 약 2년 동안 일했다. 조직 밖에 있지만, 혼자보다 함께 일하는 것이 좋아 프리랜서라는 말보다는 독립기획자, 혹은 프리 에이전트*라는 이름으로 나를 소개하곤 했다. 조직을 벗어나 다양한 형태로 일을 하며 나 자신의 일하는 태도와 방식을 여러 각도로 돌아볼 수 있었다. 언제 더 성장하는지, 어떤 환경에서 일할 때 시너지가 나는지, 어떻게 일하는 것이 즐거운지 다양한 케이스로 회고할 수 있었다.

---

* 『도쿄R부동산 이렇게 일 합니다』에서 발견한 단어. 독립기획자로 일하는 동안, 그리고 갭이어를 보내는 동안 내 일의 형태와 의미를 돌아보는 데에 많은 영감을 준 책이다. 좋아하는 일로도 돈을 벌 수 있고 나아가 팀을 만들고 '직업'을 만들 수 있다는 구체적인 사례를 보여준다. 프리 에이전트의 삶이 주는 적절한 자유와 조직이 주는 안정감이 성장에 어떤 영향을 미치는지 생각해볼 수 있었다.

운이 좋게도 독립기획자로 많은 일을 했고, 다양한 사람들과 협업할 수 있는 기회가 있었다. 해본 일만큼이나 안 해본 일들의 제안도 많았고, 커리어가 종으로뿐만 아니라 횡으로도 성장할 수 있는 시간이었다. 그럼에도 늘 아쉬움과 목마름이 있었다. 연봉보다 더 많은 돈을 벌면서도, 매일매일 다른 동료들과 협업하는데도 어딘가 쓸쓸하고 허전했다. 해소되지 않는 허전함이 번아웃 요인 중 하나였다고 생각한다.

'수입이 더 많아졌는데 왜 행복하지 않을까?' '직장인일 때보다 더 다양한 사람들과 협업하고 있는데 왜 동료가 없다고 느낄까?' '경력과 포트폴리오는 차곡차곡 쌓여가는데 커리어에 대한 불안함은 왜 사라지지 않을까?' 독립을 하고서야 내가 '잘 성장할 수 있는 환경'을 나 자신이 잘 모를 수도 있다는 걸 느꼈다. 내가 최선을 다해 마음껏 달리면서도 안전할 수 있는 환경이 무엇인지 구체적으로 알아야 했다.

스타트업에서 일하며 배운 일의 스킬 중 가장 좋아하는 것은 회고와 성과 관리법 OKR_{Objective and Key Results}이다. OKR은 독립기획자에게도 꽤 유용한 툴이다. OKR을 통해 프로젝트의 시작점에서 기대했던 목표와 과정 대비 실제로 스스로 잘한 점과 아쉬운 점을 회고할 수 있다. 그리고 다음에 더 잘하고 싶은 점에 대한 현실적인 가능성을 살펴볼 기회를 가질 수 있다.

다만, 홀로 월별, 분기별 OKR을 진행할수록 나에게는 동료 간의 솔직한 피드백이 있을 때 OKR이 더 큰 효과를 발휘한다고 느꼈다. 지난 분기의 결과를 토대로 다음 분기의 목표를 세우고, 이번 분기의 성장을 함께 하면서 역사 history를 만들어가는 일을 하고 싶었다. 과거와 미래를 공유하며 현재를 살아가는 동료가 있을 때 최선의 일하는 내가 된다는 사실을 알게 되었다.

안정적인 회사에 다닐수록 하고 싶은 일보다 해야 하는 일이 더 많고, 성장하기보다 정체되어 있다고 느끼기 마련이다. 매일 누군가의 뒤치다꺼리를 하고 있는 것 같지만, 어떤 순간에는 누군가가 내 뒤치다꺼리를 해주고 있어서 내가 무너지지 않을 수 있다. 더 많은 일을 더 빠르게 해보고 싶은데 회사가 내 발목을 잡는 것 같아서 퇴사한 적도 있다. 하지만 내가 느리다고 생각했던 그 속도가, 내가 지루하다고 여겼던 그 속도가 사실은 나를 안전하게 해줬을 수도 있다. 나보다 훨씬 앞서 뛰면서 내게 자극을 주는 스타 플레이어 같은 동료 외에도, 늘 내 앞과 뒤 그리고 옆을 지키고 있던 동료들 덕분에 내가 최선을 다해 마음껏 뛰어도 안전했다는 생각이 들었다.

곽새미, 김석민 부부는 결혼 3년 차가 되던 해 동시에 퇴사했다

.

.

.

외국계 회사에서 마케터로 일했던 곽새미와 증권사 트레이더였던 김석민 부부는 퇴사할 당시만 해도 1년 반은 세계여행에, 귀국 후 반년은 각자 하고 싶은 일에 투자하기로 했다. 서로 약속한 2년간의 갭이어 종료를 한 달 앞두고 두 사람은 제주에서 그림 같은 집을 발견했다. 그리고 고민 끝에 제주에서 1년 더 쉬며, 각자 하고 싶은 일을, 그리고 해보지 않았던 일을 해보기로 했다.

부부가 제주로 이주한 지 2주가 되던 날에, 눈 쌓인 감귤밭 마당을 둔 제주 집에서 이야기를 나누었다. 삶을 공유하며 함께 사는 가족이 동시에 갭이어를 보내기 위해 준비한 과정과 자유를 지속하기 위한 둘만의 노력까지. 부러움 반, 공감 반의 마음으로 궁금한 것이 많았다. 두 사람은 각각의 개인이자 공동체로서 커리어와 삶에 대한 고민을 솔직히 나눠주었다.

Start.

집이 굉장히 예뻐요. 창이 커서 개방감이 좋으면서도, 두 사람이 살기에 딱 적당하고요. 동네가 고즈넉해서 들어오는 길에서부터 벌써 반했어요. 이런 집은 어떻게 구한 건가요?

보름 정도 제주도 여행을 온 적이 있었어요. 그땐 1년까지 살 생각은 없었고, 제주 한달살이를 해보자 하는 마음으로 왔고요. 숙소나 다른 일정 등이 여의치 않아 한달살이 대신 보름살이를 했죠. 그때 보름간 머물렀던 숙소의 주인 부부가 저희와 비슷한 시기에 세계여행을 하다가 제주에 정착한 분들이었어요. 주인 부부는 1층에서 생활하시고 저희는 2층에서 지냈죠. 지내면서 그분들과 이야기를 나눠보니 너무 좋은 거예요. 서울로 돌아가기 싫을 정도였고, 여기서도 살 수 있겠다는 생각이 들었어요. 물론 날씨도 유독 좋았고요. 게다가 세계여행을 마치고 귀국한 이후로는 쭉 소속 없이 프리랜서로 일해왔기 때문에 어디에 살든 크게 상관없었어요.

집주인 부부가 영감을 엄청 주셨고, 한편으로는 부추긴 면도 조금 있었고요. (웃음) 어차피 보름 동안 맨날 여행할 거 아니니까 제주 이곳저곳 돌아보면서 부동산도 함께 알아보라고 하셨어요. 알아보는 건 돈 드는 것도 아니니까. (웃음) 애월 가는 김에 한 군데 보고, 한림 가는 길에 또 한 군데 보고. 그렇게 여행 겸 집을 보러 다녔어요.

그런데 생각보다 마음에 드는 집 찾기가 쉽지 않았어요. 그래도 1년 살 집인데, 제주 1년 살기의 로망과 현실을 모두 충족시키는 집이 잘 없었어요. 보름간 묵었던 주인 부부의 조언으로 급기야 네이버 제주 한달살기 카페에 글을 올렸어요. '우린 이러한 신혼부부인데, 이런 이유로 이러이러한 집을 찾고 있다'고요.

서울로 돌아가기 이틀 전 네이버 쪽지가 한 통 왔어요. '우리는 디지털 노마드 부부인데 1년간 집을 맡아줄 임차인을 찾고 있다. 집을 한번 보러 오시겠냐'고요. 그러면서 홈페이지 주소를 하나 주셨어요. 링크를 클릭해보니 '제주 집을 소개합니다'라는 웹사이트로 연결이 되더라고요. 사이트의 사진이나 구성이 정말 예뻤고요, 무엇보다집 구석구석 자세하게 설명되어 있었어요. 그게 바로 이집이고요. 말 그대로 '대박'이었죠.

소개 글을 굉장히 인상적으로 썼나 봐요. 발품을 팔아도 찾기 어려운 집이 먼저 손을 내밀다니요. (웃음)

당시 게시물에 개인 신상을 자세하게 적지는 않았던 것 같은데, 부부가 동반 퇴사하고 세계여행을 다녀온 뒤 1년간 제주살이를 하고 싶어서 집을 찾는다고 썼어요. 그 이야기를 흥미롭게 보신 것 같아요. 이 집 주인 부부도 세계여행을 꿈꾼다고 하셨거든요. 두 분은 디자이너인데 땅을 매입하는 것부터 외관과 내부의 모든 디자인을 직접 일일이 고심해서 지은 집이래요. 그만큼 애정이 많은 곳이라 쉽게 거래하기보다 정말 내 집처럼 가꾸고 애정하며 머물러줄 사람을 찾으셨던 것 같아요. 시기가 맞았던 것이 저희에겐 정말 행운이었죠.

언젠가 동시에 갭이어를 가지면서 세계여행도 하고,
하고 싶은 일을 하며 살자는 이야기를 자주 했지만 막연했어요.
그런 삶을 사는 방법을 구체적으로 알려줄 롤모델도 없었고요.
그냥 매일 회사 욕하다가 퇴사해버리는 걸 바란 건 아니었거든요.

174

두 분 모두 퇴사한 지 꽤 되었죠? 많은 부부가 세계여행을 꿈꾸지만, 부부가 둘이 동시에 갭이어를 가지기로 결정하는 게 쉽지 않을 것 같아요. 특히 경제적인 이유로요.

저는 퇴사를 결정하기가 남편보다 쉽지 않았는데요. 경제적인 이유보다도 갭이어 이후에 대한 막막함이 컸어요. 둘 다 회사를 5년 이상씩 다녔기 때문에 퇴직금은 넉넉했거든요. 하지만 '지금 다니는 회사를 돌연 그만두고 세계여행을 마냥 즐겁게 다녀오면, 그 뒤는 어쩌지? 나는 무엇을 하며 어떻게 살 수 있을까?' 하는 막막함은 정말 컸어요. 결혼 전부터 언젠가 동시에 갭이어를 가지면서 세계여행도 하고, 하고 싶은 일을 하며 살자는 이야기를 자주 했지만 막연했어요. 그런 삶을 사는 방법을 구체적으로 알려줄 롤모델도 없었고요. 그냥 매일 회사 욕하다가 퇴사해버리는 걸 바란 건 아니었거든요. 그러다 우연히 〈퇴사학교〉*에서 세계여행을 다녀온 부부의 강연 소식을 듣고 남편과 함께 참석했다가 '우리도 해도 되겠다' 하고 확신을 얻었어요.

---

* 평생직장이 사라진 이 시대 직장인들의 현실을 함께 나누고 고민하는 프로그램. 2016년 5월부터 현재까지 이어지고 있다. 퇴사와 퇴사 후를 경험한 사람들의 생생한 경험기를 통해 나만의 커리어와 삶을 꾸려가는 힌트를 얻을 수 있어 많은 직장인이 찾는다.

두 분은 저희보다 더 오래 커리어를 쌓은 부부였는데 세계 여행을 다녀온 뒤에 창업을 하셨더라고요. 여전히 사업을 하고 있고 선택에 확신도 있고요. 그분들의 이야기를 들었을 때 처음 그런 생각을 하게 됐어요. '아, 회사가 아니어도 되나 보다. 전혀 가지 않았던 새로운 길을 30대에도 가보는 게 가능한가 보다.' 저는 솔직히 긴 세계여행에 대한 두려움보다 놀고 와서 내 커리어가, 내 인생이 망할까 봐 두려웠는데 너무 잘 살고 계시더라고요. (웃음)

구체적인 사례를 보고 듣고 나니까 훨씬 현실감이 생겼나 봐요.
네, 그런데 웃긴 건 그분들의 강연을 듣고도 1년 동안 여덟 커플을 더 만났어요. 불안해서. (웃음) 강연하는 데를 찾아가는 것은 기본이었고, 책이나 인터넷에서 동반 퇴사하고 세계여행 다녀온 분들 검색해서 다짜고짜 만나자고 하기도 했고요. 제가 이걸로 너무 불안해하고 고민하니까 주변에서 소개해주는 경우도 있었어요.

정작 퇴사하고 집을 정리하는 절차는 간단했는데, 아내가 마음을 결정하기까지 과정이 훨씬 오래 걸렸어요.

그분들에게서 무엇을 확인하고 싶었던 걸까요. 뭐가 가장 궁금했어요?

다녀와서 어떻게 지내고 있는지 여행 후 정착기를 가장 많이 물어봤어요. 사실 퇴사 후 세계여행이 저희 입장에서야 '갭이어'이지만, 어떻게 보면 커리어 단절이잖아요. 그런데 일종의 케이스 스터디를 해보니 여행 후에도 재취업한 분들이 많았어요. 결코 쉽다고 말씀하시지는 않았지만, 모두들 하나같이 닥치면 하게 되더라고, 방법이 있긴 하더라고 말씀하셨어요.

사실 퇴사 후 세계여행이
저희 입장에서야 '갭이어'이지만,
어떻게 보면 커리어 단절이잖아요.

갭이어를 준비하는 여정 중 '마음 준비'를 하는 게 가장 어려웠나 봐요. 세계 곳곳을 돌아다니다가 '돌아올 자리'에 대한 고민이 가장 컸던 것 같아요.

맞아요. '내가 돌아올 회사가 있을까?' 돌아올 자리이자 밥벌이에 대한 고민이 가장 컸어요. 이런 케이스 스터디를 하다 보니 어느 순간 뭔가 잘못됐다는 생각이 들었어요. 회사가 아니어도 되는 삶을 찾고 싶어서 갭이어를 가지려던 건데 저는 자꾸 회사로 '돌아올' 삶을 찾고 있더라고요. 그래서 '회사원'이라는 자아를 과감히 내려놨어요. 아직 퇴사 전이었지만 어쩌면 이때가 제게는 갭이어의 본격적인 시작이었던 것 같아요. 여러 부부의 실제적인 이야기를 들으면서 막연함이 좀 더 구체화한 것도 있고요.

아내가 결심한 후로는 사실 준비 과정이랄 게 없었어요. 저는 회사가 개인에게 크게 성장할 수 있는 기회를 주거나, 급여를 엄청나게 많이 줘서 빠른 은퇴를 할 수 있도록 해주거나 둘 중 하나는 줘야 한다고 생각하는데요. (웃음) 당시 제가 다니던 회사는 둘 다 제게 주지 못했던 것 같아요. 그래서 얼른 갭이어를 가지면서 다른 삶을 모색해보고 싶었어요.

준비 과정 중 저희에게 중요했던 날이 하나 있는데요. 퇴사하기 전 어버이날에 양가 부모님을 모셔놓고 프레젠테이션을 했어요. 결혼 초기부터 언젠가 함께 갭이어를 가질 거라고 계속 말씀드리긴 했는데, 정말로 저희가 '일을 저지를 줄'은 모르셨어요. 어렵게 들어간 좋은 회사를 왜 그만두냐고 반대의 기색을 보이기도 하셨고요. 이미 결혼하기도 했고, 독립한 성인이니까 그냥 저희 마음대로 해도 됐지만 그렇게 하고 싶지는 않았어요. 그래서 1) 우리가 왜 퇴사를 하고 갭이어를 가지려고 하는지 2) 갭이어 동안 무엇을 할 것인지 3) 세계여행을 다녀와서는 무엇을 할 계획인지 4) 갭이어를 위한 자금은 어떻게 확보하고 운용할 것인지 거의 보고서를 써서 발표했던 것 같아요. 그 프레젠테이션을 준비하면서 저희 역시 갭이어를 어떻게 보낼지 구체적이고 현실적으로 함께 구상할 수 있었고요.

부모님들도 모두 오랫동안 회사 생활을 했던 분들이라 저희의 발표를 듣고 대환영하진 않으셨지만, 어느 정도 이해해주셨던 것 같아요. 그랬기 때문에 세계여행을 다녀온 뒤 이 집을 구하기 전까지 약 9개월간 처가살이도 가능하지 않았을까 싶습니다. (웃음) 얹혀사는 동안 장인어른이 단 한 번도 언제까지 이렇게 백수로 살 거냐, 이 집에선 언제 나갈 거냐 등의 압박을 주신 적이 없었어요. 정말 감사하죠.

두 분도 대단하시지만, 두 분의 부모님도 정말 대단하시네요. 30대에 백수로 부모님 집에 살기도 정말 쉽지 않은데 부부가 모두 소속 없이 부모님 집에서 살 수 있었다니 놀랍고 또 부럽습니다. 두 분은 요즘 어떻게 지내나요? 세계여행을 다녀오고 나서도 여전히 자유롭게 지내고 있나요?

퇴사하면서 저희 둘이 약속을 한 게 있어요. 여행 후에도 딱 1년간은 회사로 돌아가지 말자. 다녀와서 1년 동안 하고 싶었던 일을 자유롭게 해보자. 사실 그 기한이 다가와 회사로 돌아갈지 말지 결정해야 했는데 이 집을 발견하는 바람에 계획을 수정하게 됐죠. (웃음) 1년 더 쉬기로요.

현재 남편은 과외와 주식 유튜브가 주 수입원이고요. 저는 스마트 스토어와 스타트업 마케팅 일, 그리고 저희 여행 이야기와 제주살이 이야기를 카카오 플러스친구에 유료 연재하는 것이 주 수입원이에요. 둘의 월수입을 합하면 회사 다닐 때의 절반 수준밖에 안 돼요. 그래도 3월에 귀국했을 때 수입이 0이었던 것에 비하면 많이 나아진 거죠. 이렇게 살 수 있을 것 같은, 자유롭게 살아도 될 것 같은 뭔가 싹이 보이니까 갭이어를 1년 연장하기로 결정한 것도 있고요.

스마트 스토어나 카카오 플러스친구 유료 연재도 퇴사 전에 미리 알아본 게 아니었어요. 여행을 다녀오고 보니 스마트 스토어가 엄청난 붐이었어요. 마침 부모님이 하고 계신 사업 아이템이 스마트 스토어와 맞는 것이기도 했고, 판매 페이지를 쓰는 일은 마케터였던 제가 쉽게 잘할 수 있는 일이기도 했어요. 연재 역시 시작한 계기가 정말 별거 아니었어요. 너무 긴 여행이니까 주변 지인들에게 안부를 전할 겸 소소한 간식비를 벌어보자 싶어서 시작한 일이 제주살이 연재까지 이어진 거죠.

퇴사 전에 아내는 취미로 요가 강사 자격증을 땄고, 저는 당시 퇴사하는 청년들에게 정부가 지원해주는 내일배움 카드로 영상편집과 포토샵을 배웠어요. 세계여행 다니는 동안 여행 유튜버로 성공하고 싶었거든요. (웃음) 정말 진지했어요. 매일 촬영하고 편집해서 영상을 60개 이상 올렸는데도 구독자가 거의 안 늘었어요. 당시 이미 유명한 여행 유튜버가 많았는데 저희는 그들만큼 재미도 없고 새로운 정보를 줄 것도 없으니 반응이 처참했죠. (웃음) 1천 명도 안 되는 구독자분들과 소소하게 여행 일상을 서로 공유하고 안부를 확인하는 수준이었어요.

어느 날 그중 한 분이 제게 특정 주식에 대해 물었고, 그 답변을 영상으로 찍어서 올렸는데 반응이 좀 다른 거예요. 이거다 싶어서 주식 이야기만 하는 채널을 새로 만들었고, 그게 지금 제 주 수입원이 되었어요. 아내도 저도 회사에서는 벗어났지만 원래 하던 일, 가장 잘하던 일을 하고 있네요. (웃음)

가끔 남편과 이런 농담을 해요. 우리 이렇게 점점 뗏목 타고 하류로 떠내려가고 있는 건 아닐까 하고요. 지금 우리의 자유가 너무 좋지만 사실은 떠내려가고 있는 건 아닐까 문득문득 겁이 날 때도 있어요.

3년 가까이 갭이어를 보내고 있는데요. 갭이어가 결코 자유로움의 달콤함만을 주지는 않잖아요. 갭이어를 보내면서 어려운 점이나 힘든 점은 어떤 것들이 있나요?

돌아보면 회사에서 보내는 모든 날, 모든 시간에 100퍼센트로 열심히 일하지는 않았던 것 같아요. 어떻게든 한 달이라는 시간을 버티면 정해진 날에 따박따박 월급이 들어왔는데 지금은 그렇지 않아요. 내가 무언가를 하지 않으면 0이 되어버려요. 수입이든, 시간의 의미든.* 가끔 남편과 이런 농담을 해요. 우리 이렇게 점점 뗏목 타고 하류로 떠내려가고 있는 거 아닐까 하고요. 친구들은 계속 승진하고 연봉도 오르고 집도 사는데. 지금 우리의 자유가 너무 좋지만 사실은 떠내려가고 있는 건 아닐까 문득문득 겁이 날 때도 있어요.

---

* 내 시간과 선택에 100퍼센트 책임져야 한다는 감각은 생각보다 무섭고 또 무겁다. 조직에 속했을 때는 회사가 내 삶에 영향을 미칠 수 있는 시간은 오직 하루에 8시간뿐이라고 생각했다. 나머지 16시간 동안 내가 누리는 자유와 안정감은 오로지 나의 것이라고 생각했는데 사실은 그 역시 회사의 기반 위에 있었다. 퇴사 후 돈을 쓰는 것만큼 두려웠던 것이 시간을 흘려보내는 일이었다. 돈을 쓰든, 시간을 쓰든 스스로에게 교훈lesson-learned을 남기는 것이 가장 중요했다. 무소속이 주는 자유와 책임에 압도되어 내 페이스를 유지하지 못한 것이 결국 번아웃으로 터져버렸던 것 같다.

"길을 선택하는 것만으론 충분치 않다. 선택한 길로 가야 한다. 그렇게 해야 전에는 보지 못했던 것을 보게 된다. 새롭게 알게 된 것이 쓸모없을 수도 있고, 혼란만 더할 수도 있지만 최소한 '몰랐던 곳을 탐색해봤다'는 의미는 있다."
  – 에이미 월러스, 에드 캣멀 지음, 윤태경 옮김, 『창의성을 지휘하라』(와이즈베리)

그런 두려움 때문에 또 하루 종일 스마트 스토어 상품 페이지 쓰는 일에 매달리고, 하루 종일 유튜브 영상만 제작하다 보면 수입은 많아져요. 그런데 이렇게 일을 많이 하려고 퇴사한 건 아닌데, 이러려고 우리가 갭이어를 가지는 건 아닌데 하고 정신이 들어요. 일종의 '갭이어의 워라밸', 생활을 위한 시간과 나를 위한 시간의 균형을 잡는 일이 쉽지 않았고, 여전히 어려운 부분이에요. 나만의 페이스를 찾는 데에만 석 달 정도 걸린 것 같아요.

어쨌든 저희는 최대한 갭이어 기간을 늘리고 싶기 때문에 모아뒀던 돈을 쓰기만 하면서 살 수는 없어요. 그렇다 보니 책임감과 자율의 균형을 스스로 맞춰야 해요. 게다가 아직 저희가 하는 일들은 열 시간을 투입한다고 열 시간만큼의 수입을 보장해주는 것도 아니거든요. 힘든 점이라기보다 어려운 점이에요. 그리고 무엇보다 아쉬운 것은 둘 다 소속이 없으니까 대출이 안 나오는 것. (웃음) 재테크를 충분히 준비하지 못하고 퇴사한 것은 무척 아쉬워요.

조직에 소속되어 있을 때뿐만 아니라 갭이어 동안에도, 특히 일종의 프리랜서 일을 하면서 갭이어를 보내기로 결정했을 때 '워라밸'이 중요하다는 것에 정말 공감해요. 나에게 정해진 급여가 입금되는 것이 아니라 내 '시간'을 써서 수입으로 바꿀 때 시간의 가치에 균형감각을 가지기가 더욱 어려운 것 같아요. 두 분 모두 처음 입사할 때부터 이런 자유로운 삶을 꿈꾼 것은 아니었나요?

전혀요. (웃음)

학교 졸업하면서 좋은 회사라고 만족하면서 입사했죠. 여기서 잘해서 빨리 승진해야지 생각하고 의욕도 강했어요. 3년 차까지는요. (웃음)

퇴사할 때도 성장에 대한 아쉬움이 있어서 갭이어를 선택했는데, 갭이어를 끝내고 조직으로 돌아가게 되는 이유도 결국 성장에 대한 아쉬움일 것 같아요. 조직에서의 성장이 더 필요하다고 생각될 때에는 조직으로 돌아갈 거예요. 지금은 유튜버로 제 전문 영역과 역량을 키워나가는 게 재미있지만 평범한 개인으로서의 한계를 종종 느껴요. 조직에 소속되어 있지 않은 개인으로서 경험할 수 있는 관계나 일이 한계가 있는 것 같고, 제가 끊임없이 정말 열심히 노력하지 않으면 그 한계는 절대로 넓혀지지 않을 거거든요.

조직에 소속되어 있지 않은 개인으로서 경험할 수 있는 관계나 일이 한계가 있는 것 같고, 제가 끊임없이 정말 열심히 노력하지 않으면 그 한계는 절대로 넓혀지지 않을 거거든요.

두 분에게 갭이어란, 지난 2년여의 시간은 어떤 의미인가요?

갭이어 이후 어떻게 살아야 하나 걱정했던 것이 무색할 만큼 정말 좋았고, 여전히 좋아요. 더 일찍 쉬었어도 좋을 것 같은데 그랬다면 퇴직금이 적었겠죠. (웃음) 무엇보다 지난 2년 반의 시간을 보내고 나니 걱정을 많이 안 하게 되었어요. 여덟 커플이나 만나면서 세계여행을 준비했고, 갭이어를 준비했는데 막상 닥치고 보니 제 계획대로 되는 게 하나도 없었어요. 여행이든 인생이든 제가 대비한다고 전부 대비되는 것이 아니더라고요. 이제는 닥치면 닥치는 대로 해요. 제 삶의 태도가 정말 많이 바뀌었어요.

갭이어를 보내면서 시간을 좀 더 자율적으로, 주체적으로 쓰게 된 것 같아요. 분명 제가 원해서 입사한 회사였지만, 회사에서 했던 모든 일을 제가 원해서, 혹은 주체적으로 한 것은 아니었거든요. 이제는 제가 스스로 일을 만들어내야 하고, 하고 싶은 일을 계속하기 위해서는 내가 하고 싶은 일이 무엇인지도 '찾아야' 해요.

사람마다 성향이 다르기 때문에 직장인으로서 회의감이 들 때, 성장이 멈췄다고 느낄 때, 나 스스로 서고 싶을 때 무조건 갭이어를 추천하기는 어려운 것 같아요. 저희는 '쉬기로' 결정했고 덕분에 그 전과 완전히 다른 삶을 살아볼 수 있어서 무척 좋았어요. 앞으로도 계속 일할 거라면 이러한 시간이 빠르면 빠를수록 좋다고 생각해요. 지금의 경험으로 앞으로의 커리어든, 앞으로의 삶이든 더 잘 살 수 있을 거라 믿어요.

매일 누군가의 뒤치다꺼리를 하고 있는 것 같지만,
어떤 순간에는 누군가가 내 뒤치다꺼리를 해주고 있어서
내가 무너지지 않을 수 있다.

늘 내 앞과 뒤 그리고 옆을 지키고 있던 동료들 덕분에
내가 최선을 다해 마음껏 뛰어도 안전했다는 생각이 들었다.

회사가 아니어도 되는 삶을 찾고 싶어서 갭이어를 가지려던 건데
저는 자꾸 회사로 '돌아올' 삶을 찾고 있더라고요.
그래서 '회사원'이라는 자아를 과감히 내려놨어요.
아직 퇴사 전이었지만 어쩌면 이때가 제게는
갭이어의 본격적인 시작이었던 것 같아요.

갭이어를 보내면서 시간을 좀 더 자율적으로,
주체적으로 쓰게 된 것 같아요.
이제는 제가 스스로 일을 만들어내야 하고,
하고 싶은 일을 계속하기 위해서는
내가 하고 싶은 일이 무엇인지도 '찾아야' 해요.

갭이어 이후 어떻게 살아야 하나 걱정했던 것이
무색할 만큼 정말 좋았고, 여전히 좋아요.
여행이든 인생이든 제가 대비한다고
전부 대비되는 것이 아니더라고요.
이제는 닥치면 닥치는 대로 해요.
제 삶의 태도가 정말 많이 바뀌었어요.

앞으로도 계속 일할 거라면
이러한 시간이 빠르면 빠를수록 좋다고 생각해요.
지금의 경험으로
앞으로의 커리어든, 앞으로의 삶이든 더 잘 살 수 있을 거라 믿어요.

늘 내 앞과 뒤 그리고
옆을 지키고 있던
동료들 덕분에
내가 최선을 다해
마음껏 뛰어도
안전했다는
생각이 들었다.

Fin.

**갭이어와
프리랜서
사이**

다섯 번째 퇴사를 결정할 때, 처음으로 넥스트 스텝을 정하지 않고 회사를 그만두었다. 10년 넘게 해온 이야기를 찾고 엮는 일이 더이상 재미있지 않았다. 내가 정말 하고 싶은 일은 무엇인지, 앞으로 무엇을 해야 할지, 심지어 일을 계속할 수 있을지 일에 대한 나의 마음은 무척 혼란스러웠다. 앞선 네 번의 퇴사 때와 같이 내가 잘할 수 있는 일, 내가 기여할 수 있는 일을 찾아 이직을 하고 싶지도 않았다. 그렇다고 조직으로부터 독립한 프리랜서로 살고 싶은 용감한 마음이 드는 것도 아니었다.

Insert Cut.

우연히 일은 계속 했다. 파트타이머로 두 곳의 회사에 정기적으로 '출근'하며 그 외에도 늘 서너 개의 프로젝트를 동시에 진행했다. 일과 커리어의 혼란기를 보낸다고 해도 삶을 유지하는 비용은 필요하다. 입고 먹고 마셔야 하며, 주거 비용 역시 계속 발생한다. 일을 거절할 이유가 없었다. 게다가 조직 바깥에서 하는 일의 장점은 일하는 만큼 돈을 많이 번다는 것. 회사에 다닐 때에 비해 눈에 띄게 늘어나는 수입에 나는 무너진 내 과녁을 다시 세울 시간과 기회를 확보할 틈도 없이 일을 했다. 그렇게 시간에 떠밀려 1년 넘게 일하다 보니 나는 어느새 '프리랜서'가 되어 있었다.

나를 프리랜서라고 소개하는 것도, 성공적인 프리랜서의 삶을 레퍼런스로 삼는 것도 어색했다. 앞으로도 계속 프리랜서로 일할 계획이냐, 아니라면 풀타임 일자리를 소개해도 되냐는 관심과 배려에도 좀처럼 답변하기가 어려웠다. 그동안 내가 해온 일들과 앞으로 하고 싶은 일들의 방향이 혼란스러워서 넥스트 스텝을 결정하지 않은 것이었는데, 자꾸 넥스트 스텝에 대한 답변을 재촉받는 기분이었다. 이도 저도 아닌 상황에서 번아웃은 더욱 심해져갔다.

곽새미, 김석민 부부를 인터뷰하면서 나의 혼란스러운 현재 상태에 힌트를 얻을 수 있었다. '프리랜서와 갭이어는 다르지!' 무릎을 탁 쳤다.

갭이어가 나의 일과 삶의 방향을 다시 점검하고 영점조절을 하는 시간이라면, 프리랜서는 엄연한 커리어다. 직장인들이 커리어 관리를 하듯 프리랜서도 커리어 관리를 한다. 갭이어와 프리랜서 모두 시간의 주도권이 나에게 있다는 공통점이 있지만, 그 시간을 '주로' 쓰는 항목에는 큰 차이가 있다. '워라밸'을 중요하게 생각하는 프리랜서라도 커리어 성장을 위한 기회(새로운 프로젝트일 수도 있고, 네트워킹 활동이나 자기계발일 수도 있다)에 적극적으로 시간을 할애할 것이다. 그에 비해 갭이어를 보내는 거라면 내 일과 삶을 돌아보고 어떤 속도와 방향으로 살아갈 것인지 충분히 '고민'할 시간을 확보하는 데에 가장 큰 우선순위를 둔다.

갭이어 동안에 프리랜서 체험을 해볼 수도 있고, 실제로 삶을 유지하기 위한 부분적인 프리랜싱이 필요하기도 하다. 나에게 프리랜서의 삶이 잘 맞는지, 조직에 속해서 일하는 것이 잘 맞는지 알아보는 것 역시 일과 삶의 속도와 방향을 재점검하는 갭이어와 맥락이 같다. 하지만 이때의 프리랜서는 '커리어로서의 프리랜서'와는 분명히 다를 것이다. 곽새미, 김석민 부부도 '갭이어를 연장하고 싶어서' 프리랜서 일을 한다고 했다.

트랙에서 내려와 완전히 멈춰 서서 지친 나를 충분히 위로하고 나면 변화하고 성장해온 나를 마주하는 시간이 찾아온다. 실전연습 없이도 새로운 일과 삶의 방향을 잘 찾는 사람들도 있지만, 어떤 사람들에게는 "무기력함을 이기려면 자율적인 성취와 몰입의 경험이 필요"하다.* 갭이어를 보내는 동안의 여러 가지 활동들, 부분적인 프리랜서 경험은 무기력을 이기고 조금씩 일하는 몸과 마음을 예열하는 동시에 내 과녁을 돌아볼 수 있게 하는 구체적인 기준이 되었다. 내가 지금 '멈춰 선' 이유는 무엇일까? 조직으로부터 자유로워지고 싶어서, 프리랜서가 되고 싶어서인가?

* 전미경 지음, 『나를 아프게 하지 않는다』(지와인)

프리랜서인지 프리랜서가 아닌지 모를 시간을 보내면서, 내게 필요한 건 '갭이어'라는 사실을 깨달았다. 긱geek과 프리 에이전트의 시대가 오고 있는 와중에도 나는 여전히 조직에 속해서 일하는 것이 즐겁고 동료들과 역사를 쌓아가며 성장하는 것이 행복한 사람이라는 사실도 깨달았다. 그리고 프리랜서/파트타이머 일을 대폭 줄였다. 용기가 필요한 일이었다. 생활을 유지하기 위한 최소한의 경제생활은 여전히 '프리랜싱'하지만, 훨씬 많은 시간을 내 일과 삶의 속도와 방향을 재조정하는 데에 보낸다. 여전히 "아, 그럼 퇴사하고 계속 프리랜서로 일하고 계신 거예요?"라는 질문에 "아뇨, 프리랜서로는 1년 일했고, 요즘은 갭이어 보내고 있어요"라고 말하기는 솔직히 어렵다. 멋없는 그냥 백수라고 생각하고(그냥 백수 맞지만) 프리랜싱 일도 더이상 들어오지 않을까 봐. 그럼에도 프리랜서보다는 갭이어를 보내고 있다 말하려고 노력한다. 스스로라도 '일과 삶의 영점조절'이 선택의 중요한 기준이 되기 위해서.

일을
잘한다는 건
무엇일까
?
?
?

지난 몇 년 동안 일과 직업에 대한 사람들의 관심은 다양해지고 깊어졌다. 일에 대한 콘텐츠는 쏟아져나오고(2022년 1월 기준 네이버 책 섹션에서 일 관련 책은 12,733건 검색된다) 다른 사람들은 어떻게 일하는지, 일잘러의 일하는 방식은 어떻게 다른지가 많은 직장인에게 화두다. 내가 다녔던 콘텐츠 스타트업의 슬로건은 '일하는 사람을 위한 콘텐츠 플랫폼'이었다. 당시 기획하고 제작했던 <일잘러의 정리법>(홍동희 저)은 발표한 해에 해당 플랫폼에서 가장 사랑받은 오리지널 콘텐츠 1위를 했다. 일잘러 파트너를 만난 덕에 호기롭게 '일잘러는 어떻게 일하는가?', '일잘러는 어떤 남다른 업무적/일상적 정리 스킬이 있을까?'와 같은 내용으로 콘텐츠를 만들 수 있었지만 정작 나는 '일을 잘한다는 것'이 무엇인지 잘 모르고 있었다.

Scene 6.

번아웃을 겪으며 가장 힘들었던 때는, 내가 사실은 일을 잘하는 사람이 아니라는 것을 인정해야 했던 순간이었다. 그동안 왜 그렇게 일을 열심히 해왔냐는 상담 선생님의 질문에 나는 지체하지 않고 "일을 잘하고 싶어서"라고 대답했다. 왜 일을 잘하고 싶었고, 나에게 일을 잘한다는 것은 무엇이냐는 질문으로 이어졌다. 적절한 답변이 생각나지 않았다. 그러게, 나는 왜 일을 잘하고 싶었을까. '일을 잘하는 사람이 아니라면 나는 무엇을 잘하는 사람인가.' '나는 무엇을 잘하고 싶은 사람인가.' '나는 일터에서 무엇을 위해 애쓰고 최선을 다해왔나.' 이후로 오랫동안 일하는 자아에 대한 의심과 질문으로 헤맸다.

"저는 일을 잘하는 사람이 되고 싶지 않았던 것 같아요."
심리상담 4회 차 때 선생님께 이런 말을 내뱉고는 상담시간이 끝날 때까지 울기만 했다. 처음으로 속이 후련했다. 상담을 받으면서 내 삶에서 '일'의 범위와 나의 한계를 이전보다 구체적으로 정의할 수 있었다. 레거시 미디어에서 스타트업으로 일하는 환경을 옮기면서 방송 연출/제작자에서 콘텐츠 기획자로 일의 영역이 확대되었다. '잘해내야' 하는 일의 종류가 다양해지고, 또 달라졌다. 내가 잘하는 일에 더 집중하기 위해서는 내가 정말로 잘하는 일과 잘하고 싶은 일, 혹은 잘할 거라 스스로 오해했던 일을 각각 구별해내야 했다. 나의 경우에는 '좋은 콘텐츠를 만드는 일'을 정말로 잘하고 싶다. 어떤 주제를 조금 다른 관점으로 바라보고 신선한 서사를 만들어내는 일은 잘하지만, 이 과정을 돌발상황 없이 진행하는 것은 솔직히 종종 어렵다. 매번 더 좋은 선택지가 있지 않을까 하는 내적 갈등을 겪기 때문이다.

'일잘러'라는 이름으로 퉁쳐지는 어떤 '일을 잘한다는 개념'은 이미 꽤 보편적이고, 당연히 가져야 하는 스펙처럼 여겨진다. 하지만 사실 직업마다 업무가 다르고, 필요한 역량이 다르다. 내 일의 성격과 나를 더 잘 아는 과정이 우선이다. 시대가 이야기하는, 타인이 이야기하는 'N년 차 일잘러의 남다른 회사생활'이라든가 '일 잘하는 ○○이 되는 법'이 내 일의 기준이 되지 않아도 괜찮다. '내가 압도적으로 잘하고 싶은 일은 무엇인가?' '그 일을 잘해내고 싶은 이유는 무엇인가?' 내가 잘하는 내 고유한 영역을 찾자. 내가 보람을 느끼는 일의 영역은 누군가는 '일을 잘한다'라고 느끼는 영역이 아닐 수도 있다. 모든 일을 다 잘할 수도 없지만, 잘할 필요도 없다. 내가 잘하는 일을 더 잘하고, 내가 잘하고 싶지만 아직 잘 못하는 일은 배우면 된다. 잘해야 하는 일이 아닌, 잘하고 싶은 일은 반드시 잘 해낼 테니까.

마케터 조은혜는
다니던 회사를 그만두고
호주로
워킹 홀리데이를 떠났다.
비자 유효일을
딱 일주일 남긴
시점이었다

.

.

.

마케터 조은혜는 스타트업에서는 그로스 마케터로, 그 이전에는 외국계 마케팅 에이전시에서 프로젝트 매니저(AE)로 탄탄한 커리어를 쌓아가는 중이었다. '유노윤호'라는 별명을 지녔을 만큼 자신의 일을 사랑했고, 일에서의 성장에 무척 열정적이었던 은혜 씨의 결정을 처음 들었을 때는 조금 놀랐다. 20대 초중반, 진로를 고민하는 시기에는 취업 준비를 잠시 미루고 워킹 홀리데이를 떠나는 것이 유행이었다. 하지만 서른을 넘긴, 한창 일할 시기의 마케터가 퇴사 후 이직이 아닌, '워킹 홀리데이'를 선택했다는 점이 신선했다.

어떤 고민의 과정과 용기를 가지고 그런 선택을 한 것일까. 그가 떠난 지 벌써 1년이 다 되어간다. 그동안 어떤 생각과 마음으로 지내왔는지, 1년 전의 선택이 일과 삶에 어떤 영향을 주었는지 줌zoom으로 이야기를 나눠보았다.

Start.

은혜 씨, 무척 오랜만이에요. 요즘 어떻게 지내요? 코로나19 상황에 해외에서 갭이어를 보내는 게 쉽지 않을 것 같아요.

호주에 올 때만 해도 코로나19가 그렇게 심하지는 않았는데요. 도착하고 얼마 지나지 않아 여기도 코로나19가 극심해져서 집에 있는 시간이 많아졌어요. 처음 6개월가량은 호주에서 할 수 있는 일을 최대한 찾았고, 재택으로도 일을 많이 했어요. 일을 하다 보니 한국에서 했던 전공이나 마케팅 업무 경험을 살려 여기서도 전문성을 더욱 키우고 싶어지더라고요. 행동 변화 커뮤니케이션 쪽 공부를 더 하기 위해 곧 대학원에 진학할 예정이에요.

호주의 워킹 홀리데이라고 하면 보통 할 수 있는 일의 범위가 농장이나 식당 일 같은 것으로 한정되어 있는 줄 알았어요. 그래서 마케터인 은혜 씨가 갭이어로 워킹 홀리데이를 선택했을 때 더욱 놀랐던 것 같아요. 주로 어떤 일을, 어떻게 찾았어요?

주로 호주 비영리기관에서 일했고요, 한국의 경험을 살려 마케팅 관련 프로젝트도 여럿 진행했어요. 호주에도 '씩닷컴 seek.com'이라는 우리나라의 '사람인' 같은 구인구직 사이트가 있는데 그런 곳들을 엄청 살펴봤어요. 마케팅 관련 키워드는 다 넣어봤던 것 같아요.

사실 말씀하신 대로 워킹 홀리데이라고 하면 와서 할 수 있는 일이 무척 제한적이에요. 한국에서 하던 지식산업에서 일하는 것이 아니라 식당이나 카페 서빙 등의 일이 대부분이죠. 저 역시 이곳에서 그런 일도 해봤는데요. 코로나가 심해지면서 그런 일자리에 있는, 임시 비자를 가진 사람들은 해고되는 경우가 많았어요. 임시직 일만 하면서는 버티기 힘들어서 자기 나라로 돌아가는 친구들도 많았고요.

다행히 저는 한국에서 가져온 저축 예산이 조금 있었고, 그걸로 버티면서 일을 찾았어요. 외국인이 임시직 아르바이트가 아닌 일을 하려면 현지에서 일한 경험이 필요하다고 해서 보수를 받지 않는 비급여non paid 일자리도 마다하지 않았어요. 그래서 마케팅 관련 키워드로 검색하면서 비영리기관의 자원봉사직도 함께 검색했죠.

갭이어를 위해 간 것치곤, 가자마자 정말 열정적이었네요.

맞아요. (웃음) 한동안은 한국에서만큼 바쁘게 지냈던 것
같아요. 사실 마케팅과 관련한 오피스 워크, 제 능력과 노
동에 대가를 받는 업무를 정말 해보고 싶었어요. 지원 메
일만 500통 넘게 보냈던 것 같아요. 그중에서 몇 군데 면
접을 봤는데, 최종적으로 채용되지는 않았어요. 제 한국
경력이나, 호주의 자원봉사 경력, 프리랜서로 마케팅 프
로젝트를 해본 경력 등을 종합해서 봐주긴 했지만, 좋은
직무일수록 호주에서 교육받은 경험도 필요한 것 같더라
고요. 그래서 제 분야를 더 공부해봐야겠다고 생각한 것
도 있고요.

**지원 메일만 500통이라니, 한국에서는 별로 경험 못 했을 상황이
었을 텐데 실망이 컸겠어요.**

그렇죠. 일단 한국에서는 500통이나 지원한 적도 없었고,
그렇게 많은 거절을 당할 일도 없었으니까요. 그런데 비
영리기관의 일이 생각보다 좋은 자극이 많이 되었어요.
프리랜서 일도 그랬고요.

원래 비영리기관의 활동에 관심이 좀 있었죠? 어떤 점에서 좋은 자극이 되었어요?

워킹 홀리데이를 온 뒤 초반에는 여기서 어떤 형태의 일이든 경험한 뒤에 그 경험을 기반으로 다시 한국으로 돌아가야겠다고 생각했었어요. 한국에서 일할 때도 NGO 활동이나 CSR 마케팅에 관심이 많았고, 호주는 그런 분야가 잘 되어 있으니까 여기서 최대한 경력을 쌓아보자고 생각했죠. 그래서 정말 열심히 일을 찾았어요. 사고의 중심과 준거집단을 여전히 한국에 둔 채 생활한 거예요. 그게 서서히 옅어졌어요. 이제는 워킹 홀리데이 기간이 끝나고, 혹은 여기서 공부를 마친 뒤에도 다시 한국으로 돌아가야겠다는 생각이 그리 크지 않아요. 그게 유일한 선택지가 아니게 된 거예요.

정말 열심히 일을 찾았어요.
사고의 중심과 준거집단을 여전히 한국에 둔 채 생활한 거예요.
이제는 다시 한국으로 돌아가야겠다는 생각이 그리 크지 않아요.
그게 유일한 선택지가 아니게 된 거예요.

'귀국 후 이직' 외에 다른 길이 있을 것 같다는 생각이 든 건가요? 유일한 선택지에 대한 생각이 엷어진 계기가 있나요?

특히 비영리기관에서 일하며 자기 삶을 찾아 기존의 생활에서 빠져나온 사람들을 많이 만난 영향이 큰 것 같아요. 제가 일했던 비영리기관 중 하나는 아프가니스탄에 있는 난민이나 아이들, 여성들의 자립을 돕는 단체였는데요. 이 단체에서 일하는 사람들의 80퍼센트가 저와 같은 자원봉사자들이었어요. 돈을 받지 않고 일하는 사람들요. 저처럼 워킹 홀리데이를 온 사람들이라기보다 호주에 이민온 사람 중 이러한 단체의 방향성에 공감하는 사람들이 조금씩 손을 보태는 구조인 거죠. 그런데 이 사람들의 에너지 레벨이 굉장히 높고 사고방식이 너무 좋은 거예요.

어떤 점이 그렇게 좋았어요?

대화를 하면 시야가 넓어지는 느낌이랄까요. 함께 일했던 사람들 중에 양쪽 부모님의 국적이 다른 가운데 자기 정체성에 고민을 가지고 살아가는 사람이나 제3국에서 유학 온 사람들도 있었는데요. 그 친구들 중에는 자기 나라에서 경제적, 사회적 지위가 높고, 좋은 교육을 받은 경우도 많았어요. 그런 친구들이랑 글로벌 이슈를 두고 진지하게 고민하고, 작지만 구체적으로 지금 당장 할 수 있는 일들을 계획하는 게 정말 즐거웠어요. 다양한 배경과 환경의 사람들을 실제로 만나니까 '내 세계관이 정말 좁았구나'라고 느꼈어요. 해외여행을 안 다닌 편은 아니었지만, 짧은 기간 여행자로 느낄 수 있던 세계와 달랐어요. '세상이 정말 넓구나'라는 말이 피부에 와닿았어요. 저를 이루고 있던 세계가 한국에 있을 때보다 훨씬 넓어진 거예요.[*]

타인으로부터 비롯된, 혹은 사회가 이미 만들어놓은 어떤 색안경 안에서의 영감이 아닌 오롯이 나로부터 비롯된 영감. 이러한 영감과 에너지는 자존감과 자기확신의 씨앗이 된다.

한국을 넘어 글로벌을 준거집단으로 삼으려면 제로부터 시작해야 할 것 같은데요. 은혜 씨는 한국에서 쌓아놓은 네트워크도 있고, 커리어 경력도 있잖아요. 그걸 딛고 다음을 도모하는 것이 아닌, 처음부터 다시 쌓는 것은 두렵지 않았나요?

삶의 다음 스텝, 커리어의 다음 스텝에 대한 두려움이나 불안감은 한국에서 더 심했던 것 같아요. 제가 많은 걸 가지고 있지 않았는데도 놓치는 게 너무 무서웠어요. 사실 워킹 홀리데이 비자는 스타트업으로 이직하기 전, 광고 에이전시에서 퇴사할 때 받아뒀던 거였어요. 첫 퇴사를 할 때만 해도 갭이어를 가지고 싶어서 비자까지 받았는데, 막상 한국을 떠나려니 무섭더라고요.

---

* 늘 나를 둘러싸고 있는 맥락에서 떨어져 새로운 감각으로 나와 세상을 볼 때만 얻을 수 있는 영감과 에너지가 있다. 타인으로부터 비롯된, 혹은 사회가 이미 만들어놓은 어떤 맥락 안에서의 영감이 아닌 오롯이 나로부터 비롯된 영감. 이러한 영감과 에너지는 자존감과 자기확신의 씨앗이 된다.

"무방비함이라고 해야 할지, 천진함이나 다정함이라고 해야 할지. 그들의 이런 신선하고 긍정적인 에너지가 나의 시야를 넓혀주었다. 나 역시 악의 없이 '이런 것도 멋지다!'라는 마음을 담아 촬영에 임했는데, 이런 마음은 입 밖으로 내지 않아도 전해지게 마련이다. (…) 호기심과 아이디어와 추진할 에너지만 넘치도록 있다면 나머지는 알아서 따라온다. 이 책은 그런 확신을 나에게 주었다."

– 츠즈키 쿄이치 지음, 김혜원 옮김, 『권외편집자』(컴인)

무척 공감해요. 내가 정말 여기서 이렇게 잠깐 멈춰도 되는지, 나를 둘러싼 환경의 모두가 같은 방향으로 뛰고 있는 것 같은데 나만 도태되는 것은 아닌지 많이 망설였을 것 같아요.

지금 생각하면 저는 안정의 욕구와 성장의 욕구를 혼동했던 것 같아요. 한국에서 커리어를 계속 이어나가면 내가 더 큰 영향력을 가진 일을 해나갈 수 있을 거라 생각했어요. 성장하고 싶어서 스타트업 이직을 선택했지만 사실은 무서웠기 때문에 안정을 택한 거였죠. 워킹 홀리데이 비자를 받으면 1년까지 유효해요. 저한테 1년의 유예기간이 있었던 거예요. 새로 이직한 스타트업에서 일하면서도 끊임없이 고민했어요. 내가 왜 워킹 홀리데이에 가고 싶었는지, 내가 왜 갭이어를 가지고 싶었는지, 나는 어떤 환경에서 어떤 성장을 하고 싶은지. 결국 비자 유효가 만료되기 일주일 전에 출국했어요.

일하면서도 끊임없이 고민했어요.
내가 왜 워킹 홀리데이에 가고 싶었는지,
내가 왜 갭이어를 가지고 싶었는지,
나는 어떤 환경에서 어떤 성장을 하고 싶은지.

그리고 의외로 한국에서 쌓은 경력이 정말 도움이 되었어요. 연차, 경력 이런 것들을 인정받았다는 게 아니라 '스킬'이 남더라고요. 제가 다녔던 광고 에이전시가 글로벌 기업이었던 덕에 외국계 광고주들하고 일을 많이 해봤어요. 그때 배웠던 피플 스킬이라든지, 비즈니스 커뮤니케이션 스킬, 동시에 여러 클라이언트를 상대하고 프로젝트 매니지먼트하는 스킬을 여기서도 그대로 사용하고 있어요. 이후 스타트업에서 그로스 마케팅을 하며 배운 데이터 중심의 사고방식 역시 마찬가지고요. 그런 스킬은 한국이나 호주나 똑같아요. 그리고 트렌드를 서치하고 정리해서 분석하는 것은 마케팅 필드에서 세계 어디나 공통된 스킬이 필요하더라고요. 한국에서도 영어로 서치를 했었고요. 아웃풋을 내는 언어가 다를 뿐이에요. 그 모든 스킬들이 제게 남았더라고요. 그게 한데 어우러져 여기서 쓰임받을 수 있다는 것을 일하면서 깨달았어요.

준거집단은 바뀌었지만, 제로 베이스가 아닌 거네요.

제로 베이스가 아니고 제게도 어디에서나 쓸 수 있는 '나라는 기반'이 있었더라고요. 갭이어를 가지지 않았더라면 훨씬 늦게 깨닫거나 깨닫지 못했을 것 같아요. 커리어 중에 학습한 그런 스킬뿐만이 아니라 그 경력 가운데 만난 사람들 역시 새로운 준거집단에서 생활하는 데에 큰 힘이 된다는 걸 많이 느껴요. 한국에서 정말 치열하게 커리어를 쌓았기 때문에 그 치열한 시기를 함께 보냈던 동료들이 있잖아요. 새로운 곳에서 제로의 존재가 된 것 같다고 느낄 때마다 그 동료들과 보낸 시간들이 저를 일으켜주고 심리적인 안정감을 줘요. 호주까지 가서 갭이어를 보내는 걸 결정하기까지, 일과 삶에서 나름 큰 도전을 하고 싶으면서도 가장 고민이 많이 됐던 게 내가 '제로'가 되는 것이 아닐까였는데 아무것도 없어진 게 없어요. 그 불안함이 사라지니까 정말 삶이 달라졌어요.

오히려 기존의 환경에서 떠나오니 가지고 있던 많은 강점을 스스로 재발견한 계기가 되었을 것 같아요.

맞아요. 앞에서 이야기한 스킬들이 제게는 그냥 당연한 것들이었거든요. 클라이언트의 니즈를 정확하게 파악해서 결과물을 만들어내고, 시간 내에 전달하는 것. 너무 기본적인 업무인데 저는 그런 스킬들이 있으니까 여기서 임시직 아르바이트가 아닌 일도 찾아서 할 수 있는 거예요. 제로 베이스로 시작하다 보니 제가 당연하다고 생각하고 갖고 있던 스킬들이 오히려 도드라졌고, 덩달아 제 자존감을 높여주기도 했고요.

불안함이 사라지니까 삶이 달라졌다고 했는데요, 어떤 점이 좀 달라졌어요?

한국에 있을 때는 커리어 사다리를 타기 위해 성취 욕구가 정말 강했어요. 나 자신뿐만 아니라 주변 사람들에게도 굉장히 엄격했고요. 기준이 높았던 거죠. 그래서 일할 때도 팀이나 동료를 생각하기보다 나를 가장 먼저 생각했어요. 나뿐만 아니라 팀이 내는 아웃풋에 집착도 많이 했어요. 제가 특이했다고 생각하지는 않고요. 스타트업 업계가 대부분 그렇지 않나요? (웃음) 삶의 방향을 고민한다기보다 삶의 중심이 오로지 커리어 패스에 있었죠.

갭이어를 가지고도 처음에는 그랬어요. 회사 다닐 때 버릇 그대로. 여전히 '영감'이라는 명목으로 나에게 조급한 마음이 들게 하는 업계 사람들의 SNS를 팔로우하고, 쫓기듯이 자극받았어요. 매일 투두리스트를 만들어서 관리했고요. 구글 캘린더도 장난 아니었어요. 누가 보면 마치 사업하는 사람처럼. (웃음)

씩닷컴에서 찾은 일 외에도 카페나 레스토랑 같은 소규모 비즈니스를 하는 사람들이 많은 온라인 커뮤니티에 제 포트폴리오를 올려두고 프리랜서 일도 많이 했어요. 한국에서는 마케터들 사이에서 제가 트렌드에 특출나게 민감하다거나 아주 빠른 편은 아니었는데 여기에서는 제가 너무 빠른 거예요. 그렇게 오자마자 한 달 만에 마케팅 프로젝트를 두 개나 땄어요. 일을 많이 할 때는 비영리기관 일까지 쓰리잡을 한 적도 있어요. 분명히 갭이어를 가지려고 워킹 홀리데이를 떠나온 건데 한국에서 살 듯이 시드니에서 산 거죠. (웃음)

서울의 채찍이 시드니까지 같이 갔네요. (웃음) 그런 조급함이 지금은 많이 줄었나요?

많이 줄었어요. 이전에는 '워라밸'이라는 말이 추상적이고 태만한 단어처럼 느껴졌는데, 여기서 정말 나만의 속도로 일하고 살아가는 사람들의 구체적인 모습을 경험하면서 많이 배웠어요. 한국에서 일할 때는 내가 남들보다 잘해야 하고, 타인의 인정을 받아야 한다고 생각했어요. 그래서 내가 맡은 프로젝트가 얼마나 잘 진행되고 있고, 내가 얼마나 잘 매니징하고 있는지, 내가 지금 얼마나 일을 열심히 하고 있는지 끊임없이 '보여'줬던 것 같아요.

한국에서 일할 때는 내가 남들보다 잘해야 하고,
타인의 인정을 받아야 한다고 생각했어요.
내가 지금 얼마나 일을 열심히 하고 있는지 끊임없이
'보여'줬던 것 같아요.

그런데 여긴 아니더라고요. 리테일 회사에서 3개월간 파트타임으로 프로젝트를 맡은 적이 있는데요. 저한테 업무 프로세스에 대해 리포팅하라는 지시가 따로 없었는데도 저는 한국에서의 습관대로 매일 했어요. 무슨 일을 하고 있는지, 언제 마무리가 될 건지, 내가 어떤 일을 했는지 끊임없이 슬랙으로 알렸죠. 제가 잘하고 있는 것을 보여주고 싶었던 마음도 있었어요. 비영리기관에서 일할 때도 마찬가지였어요. 그런 제 모습에 함께 일하던 동료들이 굉장히 스트레스를 받더라고요. 어차피 각자의 일은 각자의 책임이니 서로 알아서 잘할 것이라고 믿어주고 있는데 뭘 그렇게 드러내냐고. 그때 배웠어요. 한 사람이 두드러지게 나서서 끌고 나가는 것보다 모두가 심사숙고해서 하나의 플랜을 만들고, 각자가 역할을 해낸 뒤 다 함께 성취해내는 기쁨을요.

한국에서는 늘 경쟁해야 했고, 나의 성장을 내가 책임져야 했어요. 그래서 조급했고, 도태될까 봐 두려웠어요. 나는 지쳐도 계속 달려야 하는 것이 당연했어요. 모두들 그러니까. 숨이 막혔죠. 그런데 꼭 그러지 않아도 성장할 수 있고, 좋은 결과물을 만들 수 있더라고요. 원칙이 있으면 여유를 가져도 되더라고요.

그때 배웠어요. 한 사람이 두드러지게 나서서 끌고 나가는 것보다 모두가 심사숙고해서 하나의 플랜을 만들고, 각자가 역할을 해낸 뒤 다 함께 성취해내는 기쁨을요.

그렇게 일과 삶에 가치관의 변화를 겪다 보면 일종의 성장통 같은, 적응하는 과정에서 겪는 생각하지 못했던 어려움도 있을 것 같은데요.

워킹 홀리데이를 떠나온 초반, 준거집단이 아직 한국에 있을 때는 수입에 집착하게 되더라고요. 분명 '쉬기' 위해 내린 결정인데, 생계가 아닌 경험을 위한 일을 찾으면서도 한국에서 내가 벌던 만큼의 수입은 확보해야 한다는 강박관념이 있었어요. 어느 정도 여유 자금을 가지고 왔기 때문에 생활을 위해 수입이 반드시 필요한 상황이 아니었는데도, 그때만큼 벌지 못하면 퇴화하고 있다는 생각이 들어서 채찍질했던 것 같아요. 수입뿐만 아니라 먹고 입는 것에 있어서도 내 삶의 퀄리티가 떨어지면 안 된다는 생각이 있었고요. 왜 그렇게 애썼나 싶어요. 지금은 그런 것도 모두 다 내려놨습니다. (웃음)

내려놨다는 게 포기했다는 것인가요, 아니면 지금에 만족할 수 있게 되었다는 것인가요?

지금에 만족할 수 있게 되었다는 것에 가까운 것 같아요. 어쩌면 갭이어를 가지면서 저에 대해 새롭게 알게 된 것일 수도 있고요. 저는 원래 이렇게 살았어야 하는 사람인가 싶은 거죠. 계속해서 치열한 경쟁 속에서 강박인지 향상심인지 혼동하며 나를 끊임없이 채찍질했다면 저는 메말라갔을 것 같아요. 이제서야 비로소 제가 원하는, 저에게 꼭 맞는 성장 환경을 찾은 것 같아요.

* 일을 사랑하는, 사랑해서 더 잘하고 싶은 사람들이 품고 있는 '향상심'은 단순히 성장과 승리에 대한 목마름이 아니다. 과거의 나를 넘어서거나, 목표한 어떤 기준을 넘어섰을 때의 '감격'. 그 감격이 주는 짜릿함에 나를 끊임없이 채찍질하게 된다. 사실 감격이라는 감정은 훨씬 내밀하고 나 중심적인 것인데 일에서 느끼는 감격은 종종 상황에 가려져 그 본질을 잊게 한다. 내가 좋아하는 일의 본질은 무엇인지, 내가 정말로 잘해내고 싶은 부분은 무엇인지 스스로 더 잘 알게 된다면 향상심에 잡아먹히지도 않고, 무기력에 빠지지도 않는 균형을 유지할 수 있지 않을까.

"감격이란, 세상 모든 것들은 저만치에 있고, 오직 자기 자신과 대상과의 관계에만 몰입할 때에 더 강하게 찾아오는 감정이다. 스포츠는 신기록과 우승이라는 대상이 눈앞에 있으며, 종교는 신이라는 궁극적인 존재가 머리맡에 있다. 그토록 가깝지만 손에 쉽게 닿지는 않는다는 것에 우리는 이토록 감격스러워한다. 이처럼 대상과 나 이외의 것들은 안중에 없는 상태가 바로 청춘이다. 언제나 젊고 패기만만하며 자신이 젊다는 것에 한하여는 믿음이 굳건하고, 젊은 혈기와 젊음의 순수함은 매 순간을 신기록을 세우듯 살아간다. 또한 매 순간을 신의 뜨거운 입김 아래에서 살아간다. 그러니 감격스러울 일도 많고 눈물을 흘릴 일도 많다. 늘 무언가를 궁리하고 노력하여 그 결실을 거두고 싶은 사람이라면, 나이가 어찌 됐든 청춘으로 살고 있는 사람이다."

- 김소연 지음, 『마음사전』(마음산책)

조용히 나에게 집중하고 싶을 때, 내 진짜 삶의 중심을 돌아보고 싶을 때 온갖 SNS를 끊고 디지털 디톡스를 결심할 때가 있잖아요. 은혜 씨는 그런 일시적인 디지털 디톡스보다 강력한 준거집단으로부터의 디톡스를 경험하고, 성장과 커리어의 중심을 단단하게 잡은 것 같아요. 갭이어를 통해, 워킹 홀리데이를 통해 은혜 씨가 가장 크게 배운 점은 무엇일까요?

호주에 와서 중간중간 다양한 아르바이트도 많이 해봤어요. 한국에서라면, 6년 차 마케터라면 선뜻 하지 않을 일들요. 길게 한 건 아니었지만, 해보면서 제가 자유로울 수 있어서 정말 좋았어요. 내가 내 몸을 써서, 어떤 일을 해서든 나는 살아남을 수 있겠다는 감각을 갖게 되었어요. 지금 나를 설명하는 일이 없더라도, 꼭 화이트칼라 일이 아니어도 나는 블루베리를 따서 돈을 벌 수 있고, 청소를 해서도 돈을 벌 수 있겠다는 자유로운 자신감 같은 것이 생긴 거예요.* 삶에 방향성만 있다면 말이죠. 누군가는 이런 모습을 '씩씩하군'이라고 생각할 수 있겠지만 사실 그냥 해보면 다 할 수 있는 일이라고 생각해요. 고정관념만 깨면 뭐든지 가능하다는 것을 몸으로 배웠어요.

* 비평가이자 작가인 리베카 솔닛은 『어둠 속의 희망』이라는 책에서 "희망은 문이 아니라 어느 지점엔가 문이 있으리라는 감각"이며, "길을 발견하거나 그 길을 따라가보기 전이지만 지금 이 순간의 문제에서 벗어나는 길이 어딘가 있으리라는 감각"이라고 말한 적 있다. 리베카 솔닛의 말처럼 어떠한 대안은 꼭 그 일을 선택하지 않더라도, 존재 자체가 안심을 주기도 한다. 사방이 꽉 막혔다고 생각되었을 때, 내게 주어진 차선들 사이에서 그나마 최선을 선택해야 한다는 실패감이 반복될 때, 기존 삶의 범위 내에서는 상상도 못 했던 엉뚱한 일이 구원이 되기도 한다. 다음 커리어를 고민하는 내게 실리콘 밸리에서 UX디자이너로 일하고 있는 친구가 사실 본인은 한국에서 비디자인 직군으로 커리어를 쌓다가 UX디자인 공부를 하고 전업했다는 이야기를 들려줬을 때 그랬다. 정말로 우리는 아직도 무엇이든 될 수 있구나. 그 상상의 감각만으로도 무너졌던 마음을 다시 일으킬 수 있었다.

정말로 우리는 아직도 무엇이든 될 수 있구나.
그 상상의 감각만으로도 무너졌던 마음을
다시 일으킬 수 있었다.

일과 삶에서 나름 큰 도전을 하고 싶으면서도
가장 고민이 많이 됐던 게 내가 '제로'가 되는 것이 아닐까였는데
아무것도 없어진 게 없어요.
그 불안함이 사라지니까 정말 삶이 달라졌어요.

한국에서는 늘 경쟁해야 했고, 나의 성장을 내가 책임져야 했어요.
그래서 조급했고, 도태될까 봐 두려웠어요.
나는 지쳐도 계속 달려야 하는 것이 당연했어요.
모두들 그러니까. 숨이 막혔죠.
그런데 꼭 그러지 않아도 성장할 수 있고,
좋은 결과물을 만들 수 있더라고요.
원칙이 있으면 여유를 가져도 되더라고요.

계속해서 치열한 경쟁 속에서 강박인지 향상심인지 혼동하며
나를 끊임없이 채찍질했다면 저는 메말라갔을 것 같아요.
이제야 비로소 제가 원하는,
저에게 꼭 맞는 성장 환경을 찾은 것 같아요.

내가 좋아하는 일의 본질은 무엇인지,
내가 정말로 잘해내고 싶은 부분은 무엇인지
스스로 더 잘 알게 된다면 향상심에 잡아먹히지도 않고,
무기력에 빠지지도 않는 균형을 유지할 수 있지 않을까.

내가 내 몸을 써서, 어떤 일을 해서든 나는 살아남을 수 있겠다는
감각을 갖게 되었어요. 지금 나를 설명하는 일이 없더라도,
꼭 화이트칼라 일이 아니어도 나는 블루베리를 따서
돈을 벌 수도 있고, 청소를 해서 돈을 벌 수도 있겠다는
자유로운 자신감 같은 것이 생긴 거예요. 삶에 방향성만 있다면 말이죠.
누군가는 이런 모습을 '씩씩하군'이라고 생각할 수 있겠지만
사실 그냥 해보면 다 할 수 있는 일이라고 생각해요.
고정관념만 깨면 뭐든지 가능하다는 것을 몸으로 배웠어요.

제로 베이스가 아니고
제게도 어디에서나
쓸 수 있는
'나라는 기반'이
있었더라고요.

Fin.

Out of
Seoul

몇 달 전, 한 대기업 계열 광고회사로부터 입사 제안을 받았다. 레거시미디어와 뉴미디어, 영상과 텍스트 그리고 공간을 아우르는 콘텐츠 기획과 브랜드 전략 커리어를 경험한 나의 역량이 필요하다고 했다. 처음엔 무척 반갑고 설렜다. 가까이서 보면 방향이 왔다 갔다 방황한 것처럼 보이는 나의 지난 커리어를 하나로 묶을 수 있는 좋은 기회인 것 같았다. 그런데 입사 후를 시뮬레이션해볼수록 겁이 났다. '나, 정말로 다시 달릴 준비가 되었나?', '내가 건강하게 일과 삶을 유지할 수 있는 환경을 제대로 알고 있나?' 이제야 비로소 나의 멈춰 있는 시간에 '갭이어'라는 이름을 붙일 수 있게 되었고, 이제야 나 자신에게 물어야 할 질문 목록을 꾸렸는데 어디선가 예시 답안이 나타난 것이다. 그것도 무척 좋아 보이는.

Insert Cut.

대부분의 경력직 이직이 그렇지만, 입사하면 안정감을 가지고 일하기보다 스스로를 치열하게 증명해야 할 것 같았다. 무너진 내 일과 삶의 과녁을 아직 채 일으켜 세우지 못한 상태로, 일과 삶의 중요한 질문들에 '지금의 나'의 답안을 아직 채우지 못한 채로 내가 잘 해낼 수 있을지 확신이 들지 않았다.

결국 입사하지 않겠다고 결정했다. 내 의지로 결정했는데 내 의지로 결정한 것 같지가 않았다. 치열한 생존 노동을 권하는 회사가 야속하면서도 동시에 그 게임에 기꺼이 응하지 못 하는 나의 상태에 좌절했다. 그 후 내 일하는 마음은 다시 무참히 나락으로 떨어졌다. 무엇보다 이제는 어느 정도 번아웃에서 벗어나, 다시 일할 수 있을 만큼 회복된 줄 알았던 스스로에 대한 기대가 착각이었다는 것이 정말 큰 타격이었다. 모든 것이 처음으로 돌아간 기분이었다. 나는 정말로 다시 일하고 싶은데 이 악순환은 언제 끝나는 걸까? 다시 일할 수 있기는 한 걸까?

숨고 싶었다. 도망치고 싶었다. 무너진 내 앞에 자꾸 거울을 들이미는 서울로부터, 일에 야망이 넘치는 사람들로부터, 방향 감각을 잃은 나를 더욱 거세게 흔들어대는 현실로부터. 여러 운의 조합으로 미리 백신을 맞고 여름 동안 시애틀에 머물렀다. 여행지로도, 출장지로도 인기가 있는 곳이 아니어서 숨기에 적당했다. 너덜너덜한 내 상태가 부끄럽지 않은 친구들 사이에서 안전하게 지낼 수 있었다. 시애틀에서 만난 그 누구도 내가 다니던 회사, 인맥, 내가 이뤄온 한 줌의 사회적 성취나 '이름'에 아무 관심이 없었다. 오직 지금의 나는 어떤 사람인지, 오늘의 내가 되기까지 나는 어떤 삶을 살았는지, 어떤 경험을 통해 무얼 배웠고, 무슨 생각을 하는 사람인지, 그래서 지금의 나는 무엇을 하고 싶고, 뭘 할 수 있는지에 대해서만 이야기 나누었다.

강력한 사회문화적 맥락에 압도된 가상의 시공간에서 진행되는 서사나 삶보다 진짜 삶real life에 두 발을 딛고 있으니 생각도 점점 단순해졌다. 유행과 취향, 내 이야기와 남의 이야기가 얽히고설켜 있는 서울에서 나만의 좌표를 단단히 딛고 서 있기란 무척 어려운 일이다. 내가 속한 사회적 집단의 취향과 가치관, 심지어 제안하는 삶의 방향마저 종종 마치 내 것처럼 착각하기도 한다. 서울에서 고작 10시간 반 멀어졌을 뿐인데, 나를 옭아맸던 타인으로부터의 인정과 라이프스타일로부터 자유로울 수 있었다. 그리고 비로소 일과 삶의 중요한 질문들에 '나'의 답안을 채워나갈 수 있게 되었다.

"결국 내가 가진 자산은 현재의 준거집단이 주는 인정이 아닌 숱한 경험을 통과한 후 나도 모르게 내 몸에 새겨진 여러 역량과 노하우"라는, 조은혜 씨와의 인터뷰 중에 나누었던 이야기를 훨씬 더 깊이, 입체적으로 이해할 수 있을 것 같았다. 관계든 일이든 도시든, 나를 증명하려고 애쓰지 않아도 안전감을 가질 수 있는 곳이 좋다. 그때그때 나만의 최선을 다했을 때, 나의 시간을 꾹꾹 눌러담아 살아내었을 때, 그 시간이 자연스레 증명해주는 삶이야말로 자유이고 평화이지 않을까.

아무것도
하지 않는
시간

다음 달이면 일을 쉰 지 딱 1년이 된다. 작년 가을, 생일을 겸해 갔던 경주의 오소한옥에서 자운 씨와 그 가족을 만나면서 '김진영 재건 프로젝트'의 첫 삽을 떴다. 얼른 낫고 싶었고, 금방 나아질 줄 알았다. 이 인터뷰 프로젝트 중간에도 위기가 여러 번 있었다. 일하기 싫은 마음은 아닌, 일을 '못 할 것 같은' 마음과 싸우면서 결과가 바로 눈에 보이는 일을 하는 것은 꽤 어려웠다.

Epilogue.

갈피를 잡지 못한 채 보내는 이 무無의 시간에 '갭이어'라는 이름을 붙일 수 있게 된 것은 사실 훨씬 뒤의 일이고, 시간이 많이 지난 지금조차도 내가 '갭이어'를 보내고 있는지 정확히 모르겠다. 나는 그저 내 일과 삶의 방향을 재조정하는 시간을 보내고 있다. 쉬기 전에 비해, 번아웃의 절정을 지날 때에 비해서는 내 속도와 방향을 보다 명확히 알게 되었을 뿐이다.

여전히 열렬한 마음으로 일했던 과거의 나에 비해 에너지도, 역량도 떨어지는 것 같은 기분에 종종 우울감이 든다. 나는 결국 회복될 수 없는 것일까?

"자존감이 낮아진 게 아니라 나를 보호하는 방향으로 몸과 생각이 바뀐 거예요. 에너지, 집중력, 영민함이 예전만 못하다면 그만큼 다른 것으로 채워졌을 게 분명해요. 저도 가끔 열정 넘치던 과거의 저를 생각하면서 '나 정말 이렇게 살아도 되나' 싶지만, 이렇게 살아도 됩디다."

노트에 적어둔 상담 선생님의 말을 자주 찾아 읽었다.

최종적으로 책에는 7명의 인터뷰가 실렸지만, 수십 명의 갭이어를 들여다보고 기록했다.

생산하지 않고도 살 수 있을까?
꼭 한계를 넘어설 때까지 달려야 하는 걸까?
일과 삶이 분리될 수 있을까?
나는 지금 내가 가고 싶었던 방향으로 가고 있는 걸까?
나는 어떤 환경에서 잘 자라는가?
일을 잘한다는 건 무엇일까?

이 여섯 가지 일과 삶에 대한 질문의 답을 찾으며 써온 이 다큐멘터리는 10년이라는 시간 동안 일을 하고도, 혹은 더 긴 기간 일을 하고도 여전히 일과 삶의 방향을 헤매는 사람들이 생각보다 많다는 사실을 나누고 싶어 시작한 글이다. 그리고 그들은 때로는 그 방향과 속도를 재조정하기 위해 트랙에서 내려오는 선택을 하기도 한다. 쓰는 내내 읽는 누군가가, 언제 끝날지 모르는 이 헤맴의 시간이 조금 덜 외롭기를, 그리고 조금 덜 자책하기를 바랐다. 무(無)의 시간처럼 보일지라도 우리는 사실 언제나처럼 분투하고 있다. 그리고 이 분투 역시 영원히 빛이 날 것이다.

번아웃의 한가운데에 있을 때는 아무것도 보이지도, 들리지도 않는다. 다만, 한창 헤매던 때를 겨우 지나 최소한의 여력으로 일과 삶의 기표를 다시 세우고자 할 때 이 책이, 그리고 이 책이 만들어지기까지 도움을 주었던 많은 문장과 장면들이, 다시 일어설 수 있는 작은 불씨가 될 수 있으면 좋겠다. 우리가 보내고 있는 이 시간은 너무 열렬히 사랑했던 탓에 그 열기가 식는 과정일 뿐이며, 열기가 식는다고 해서 삶이 끝나지 않는다는 것이 전해지기를 바란다. 이 프로젝트를 통해 만난 수십 명의 사례가 내게 응원과 위로가 되었듯이 부디 이 책도 누군가에게 그러한 응원과 위로가 되기를.

Fin.

이 책 곳곳에서 여러 질문을 마주하며 스스로의 답변도
떠올려봤을 것이다. 나의 일과 삶의 건강을 돌아보는 데
에 꼭 필요한 질문들을 소개한다. 최대한 솔직하게 쏟아
낸 답변을 바탕으로, 나만의 '일과 삶의 영점조절을 위한
질문 리스트'를 더욱 구체적으로 적어보자. 그 질문 리스
트가 갭이어를 결정하거나, 또 갭이어의 내용과 형태를
구상할 때 든든한 초안이 될 것이다.

Note. 1

나는 퇴사를 왜 했는가?(혹은 왜 하려고 하는가?)

퇴사를 선택한 결정적인 이유는 무엇이었는가?

회사를 다니면서 가장 견디기 힘들었던 일은 무엇이었는가?

이 질문들에 어떤 답변을 하느냐에 따라 이직과 갭이어를 놓고 고민할 수 있을 것이다. 회사를 탈출하고 싶게 하는 문제가 정말 회사를 그만두기만 하면 해결되는 것인지, 일하는 환경을 바꾸면 해소될 만한 것인지 판단하는 데에 도움을 준다. 더불어 다음 커리어를 정할 때 'not to do list', 피해야 할 항목을 만드는 데에도 유용하다. 유사 질문으로는 "나는 일과 삶을 분리하고 싶은가?", "나는 회사에 매인 몸이 되는 것을 괴로워하는가?" 등이 있다.

2 | **일하면서 가장 행복했던 순간을 기억하고 있는가?**

기억하고 있다면 언제, 어떤 순간이었나?

무엇이 나를 그토록 행복하게 했는가?

일에 대해 고민할 때 내가 좋아하는 일의 본질적인 부분을 생각하는 것은 가장 중요하다. 커리어가 쌓일수록 일에서의 좋은 순간도, 힘든 순간도 많아지다 보니 여러 더께로 인해 내가 일에서 가장 좋아하는 부분을 잊기 쉽다. 좋아하는 감각을 환기하는 것만으로도 여러 부수적인 요소를 걷어내고 본질로 직행할 수 있다. 그리고 좋아하는 일의 본질을 재확인하는 것은 내 일의 과녁을 다시 세우는 데에 도움이 된다. 일과 삶의 영점조절을 통해 일의 과녁을 다시 세우는 이 갭이어의 모든 과정도 사실은 좋아하는 일을 즐겁게 오래 할 수 있기 위함이다.

지금 쉼을 선택하는 데에 날 망설이게 하는 요소는 무엇인가?   **3**
무엇이, 왜 두려운가?

내가 두려운 것이 동료와 주변 사람들로부터 잊히는 것
인지, 쉬는 동안의 막막한 먹고사니즘인지, 쉬고 난 뒤의
넥스트 스텝이 보이지 않아서인지 생각해보자. 지금 나
에게 필요한 것이 이직도, 잠깐의 휴가도 아닌 갭이어라
는 것을 깨달았다고 해서 쉽게 갭이어를 선택할 수 있는
것은 아니다. 특히 10년 넘게, 꽤 탄탄하고 성실하게 커리
어를 쌓아온 사람들일수록 더더욱 '쉬어가기'를 선택하는
게 두렵고 망설여지기 마련이다. 위의 질문으로 갭이어
를 선택하는 데에, 그리고 갭이어를 즐겁고 충만하게 보
내는 데에 걸림돌이 될 만한 요소를 미리 파악할 수 있기
를 바란다. 망설임과 두려움의 실체가 분명해지면 생각
보다 해결책 역시 쉽게 찾을 수 있다.

4 | 일을 하면서 가장 보람을 느끼는 부분은 무엇인가?

금전적 수입, 동료들의 인정, 일의 과정 그 자체 등

일을 하면서 나에게 가장 큰 효능감을 주는 요인은 무엇인가?

내가 일에서 성취해내고 싶은 것은 무엇인가?

2번과 비슷한 맥락의 질문이다. 우리는 대부분 좋아하는 일을 '하는 것' 자체를 넘어 '지속가능하게' 하고 싶다. 그리고 그 지속가능함에 의심이 들거나, 지속불가한 상황을 마주했을 때 번아웃을 겪기도 한다. 일과 삶의 영점조절을 통해 내 일의 과녁을 다시 세우려면 내가 좋아하는 일을 '지속가능하게' 하는 요소가 무엇인지 파악할 필요가 있다. 그리고 과거의 내가 일을 즐겁게 할 수 있도록 해줬던 요소와 지금의 요소가 다를 수도 있다. 스스로에게 부끄럽고 실망하게 되는 요소를 마주하더라도, 최대한 솔직하고 처절하게 고민해보자.

나에게 갑자기 충분히 많은 자유시간이 주어진다면,

하고 싶은 일들이 있는가?

해야 하는 일to do list이 없어졌을 때, 우울해지지는 않을까?

휴가와 갭이어는 생각보다 크게 다르다. 아무리 긴 휴가라도 휴가는 돌아갈 곳이 있고, 여전히 정해진 날짜에 월급이 들어온다. 수입과 커리어를 위해 할 수 있는 일을 고민할 필요도 없다. 그에 비해 갭이어는 완전한 자유와 시간이 주어지지만 동시에 고정수입이 없어지고, 소속이 없어지고, 출근할 곳과 해야 할 일 역시 없어진다. 위의 질문들은 이러한 상태를 불안보다 자유로서 만끽할 만한 에너지와 의지가 내 안에 있는지 파악하는 데에 도움을 준다. 일과 삶의 영점조절을 위해 하고 싶은 일이 없다고 해서 갭이어를 가지면 안 되는 것도 아니고, 많다고 해서 갭이어를 가지기에 충분한 것도 아니다. 다만, 위 질문의 답을 해보며 갭이어를 보내는 방식을 미리 준비할 수 있기를 바란다.

6 삶에서 결코 포기할 수 없는 것은 무엇인가?

삶을 유지하기 위해 꼭 필요한 핵심적인 소비, 고정지출은
어떤 것들이 있는가?

5번과 비슷한 맥락의 질문이다. 갭이어 동안에도 삶을 유
지하기 위한 비용은 필요하다. 입고 먹고 마셔야 하며, 주
거비용 역시 계속 발생한다. 그리고 일과 삶의 영점조절
을 하는 데에 누군가는 가만히 있어도 생각이 정리될 수
있지만, 누군가는 여행이나 새로운 환경 속에 들어가야
할 수도 있다. 새로운 경험을 하거나 새로운 사람을 만남
으로서 나를 되돌아볼 수 있다. 이런 과정에 필요한 비
용을 미리 가늠하는 것도 갭이어를 보내는 방식을 구상
하는 데에 도움이 된다. 갭이어 동안 가용 가능한 저축액
이 얼마인지, 갭이어를 보내는 데에 필요한 비용은 얼마
인지에 따라 갭이어 동안 어떤 경제활동도 하지 않고 보
내는 방식을 선택할 수도, 최소한의 경제활동을 병행하
는 방식을 선택할 수도 있다. '돈'은 참으로 낭만적이지가
않아서, 갭이어를 보내는 모습에도 많은 영향을 끼친다.

일과 삶의 기력을 회복하고자 할 때 미음처럼 먹을 수 있는 책과 콘텐츠 리스트를 소개한다. 나에게 어떤 시간이 필요한지, 그 시간 동안 어떤 질문에, 어떻게 답을 찾아나갈지 생각하는 데에 도움이 되었으면 한다. 반짝거리는 인사이트가 가득하지는 않지만, 찬찬히 나의 내면을 살필 수 있기를 바란다. 결국 우리에게 필요한 것은 새로운 자극이 아니라 좋아하는 일을 즐겁게 했던 감각의 환기일 테니까.

Note. 2

『내리막 세상에서 일하는 노마드를 위한 안내서』
제현주 지음, 어크로스, 2019

일과 직업과 직장의 미묘한 차이를 아는 우리는 일을 사랑하다 상처받기도 하고 지치기도 한다. 일과 삶의 균형, 좋아하는 일과 잘하는 일의 균형, 하고 싶은 일과 해야 하는 일의 균형, 혼자 하는 일과 함께 하는 일의 균형, 애를 쓰는 일과 날로 먹는 일의 균형, 잘하고 싶은 마음과 어느 정도 포기하는 마음의 균형 등. 열렬한 마음 가운데에서 나를 지키기 위해 필요한 여러 균형의 감각을 배울 수 있는 책이다.

『걷기예찬』
다비드 르 브르통 지음, 김화영 옮김, 현대문학, 2002

아무런 의지도, 힘도 없어 꼼짝도 못 하겠을 때, 가장 어려운 일이면서도 가장 쉬운 일이 자리를 박차고 일어나 걷는 것이었다. 걷기를 시작하는 것만으로도 나와 세계가 다시 연결되고, 내 몸에 조금씩 생의 의지를 불어넣을 수 있었다. '걷기'와 '걸으며 생각하기'와 '걷는 것으로 다시 살아나기'는 꽤 보편적인 마법이었다.

『마음도 운동이 필요해』
김지언, 노영은 지음, 휴머니스트, 2020

번아웃을 극복하는 데에 심리상담의 효과가 무척 컸다. 하지만 일상의 전쟁터에서 마주하는 크고 작은 실패와 불안의 징후들은 여전히 스스로 감당해야 하는 몫이었고, 늘 승리해내기란 쉽지 않았다. 정해진 상담 일정 외에 언제 어디서나 마치 119를 누르듯 급히 찾을 수 있는 불안과 우울의 응급 처방전과 같은 책이다. 이 책 덕분에 일상이 무척 든든했다.

『그리고, 또 그리고』
아키코 히가시무라 지음, 정은서 옮김, 애니북스, 2014

미대에서 정통 회화를 공부하다 만화가가 된 작가의 자전적 이야기. '어떤 순간에도 그리는 사람은 그저 그리는 수밖에 없다고, 그리고 싶은 주제가 없어도 상관이 없으니 그리는 사람은 그저 그리고 또 그리라'는 삶의 기본기를 가르쳐준 선생님에 대한 존경과 사랑으로 가득하다. 개그만화로 유명한 히가시무라 아키코의 작품이라 웃으면서 울게 된다. 번아웃의 긴 터널을 지나는 내내 여러 모양의 위로로 나를 붙들어준 친구의 추천으로 보게 된 책. 커다란 위로를 얻었다. 앞으로도 언제고, 내가 마음속 깊이 사랑하는 일과 내가 지금 잘하는 일, 혹은 당장 할 수 있는 일 사이에서 번민할 때마다 찾을 것이다.

『오늘이 마감입니다만』
크리스토프 니먼 지음, 신헌림 옮김, 윌북, 2017

뉴요커 매거진의 표지 일러스트레이터로 알려져 있는 크리스토프 니먼의 일상 속 아이디어 모음집. 천재적인 창작자로 여겨지는 이에게도 슬럼프와 매너리즘이 있고, 이를 극복하기 위해서는 결국 가장 깊숙하고 솔직한 자신의 내면을 마주해야 한다는 점이 위로가 된다. 나에 대한 모든 고민과 문제의 해답은 결국 내 안에 있다.

『다시, 그림이다』
마틴 게이퍼드 지음, 주은정 옮김, 디자인 하우스, 2012

데이비드 호크니와 미술평론가 마틴 게이퍼드의 대화집. 런던과 캘리포니아에서 야심만만한 그림을 그려온 호크니는 최근 10년간 영국 북쪽의 한적한 해안도시 브리들링턴에 거주하고 있다. 출근해야 할 사무실도 없고, 찾아오는 사람도 없지만 자신이 원한다면 24시간 그림을 그릴 수 있는 환경에 자신을 두었다고. 나를 가장 나다울 수 있게 하는

상태, 나를 둘러싼 모든 것들을 내가 온전히 선택할 수 있는 상태에 대한 고민의 과정, 그리고 온전히 자유로웠을 때 마주하는 삶의 충만감에 대한 이야기를 엿볼 수 있다.

『데뷔의 순간』
한국영화감독조합 지음, 주성철 엮음, 푸른숲, 2014

봉준호, 양익준, 박찬욱, 류승완, 변영주 등 영화감독 17인의 '데뷔'를 위한 분투기. 불확실성 속에서도 스스로를 믿고 다시 일어서서 걸어가는 데에 얼마나 많은 에너지가 필요한지, 계속 그 길을 걷는 것 자체가 얼마나 굉장한 일인지 솔직하고 처절하게 기록했다. 혹독한 분투의 끝이 찬란하든 찬란하지 않든, 분투의 과정만이 내뿜는 아름다움을 환기시켜줌과 동시에, 각자의 길을 걷는 힘을 나눠준다.

『마음사전』
김소연 지음, 마음산책, 2008

나를 둘러싼 가장 기본적인 언어들이 흔들릴 때 부여잡을 수 있는 책. 번아웃과 우울증의 증상으로 내 감정과 생각을 넘어 나를 이루어온 본질적인 것들에 대해 의심하고 또 의심했다. 무엇이 나인지, 무엇이 나였는지 스스로 대답하기도 힘들고, 심지어 스스로 질문하는 것조차 힘이 든다. 다정하지만 명료한 문장들, 과거 건강했던 내가 밑줄 그어둔 문장들이 취약해진 나의 기반을 다시 쌓는 데에 도움을 주었다.

『하루 쓰기 공부』
브라이언 로빈슨 지음, 박명숙 옮김, 유유출판사, 2020

1월 1일부터 매일 아침 하루를 시작하는 마음으로 한 장씩 365일 동안 읽도록 구성한 일력과 같은 책. 더불어 새해에 대한 기대감, 다가올

새 날들에 대한 기대감과 나에 대한 믿음이 조금씩 회복된다. 『Daily Writing Resilience : 365 Meditations & Inspirations for Writers』이라는 원제대로, 읽는 것 자체로 명상이 되고 매일의 영감을 채울 수 있다.

『여행의 이유』
김영하 지음, 문학동네, 2019

20년 넘게 작가이자 창작자로 살아온 저자가 얻은 교훈lesson learned의 기록들. 죽을 만큼 고통스러운 걸 버텨내야 진보하고, 교훈이 남는 줄 알았다. 그래서 우리는 자주 스스로를 극단까지 밀어붙인다. 즐겁고 행복하게, 나다운 작은 성취를 차곡차곡 쌓는 것도 결국 성장이라는, 즐거움과 고군분투가 종이 한 장 차이로 공존하는 문장들 사이에서 위로를 얻었다.

『나영석 피디의 어차피 레이스는 길다』
나영석 지음, 문학동네, 2018

나영석 PD가 KBS에서 〈1박 2일〉을 대성공 시킨 뒤, 일과 삶의 다음 챕터로 넘어가기 전 쉬어가는 시간에 쓴 에세이이자 〈1박 2일〉에 대한 회고록. '다음에도 이번처럼 잘 해낼 수 있을까, 이번처럼 재미있을 수 있을까, 이번처럼 좋을 수 있을까, 다음에는 무엇을 할 수 있을까'의 고민이, 작든 크든 일에서의 경험과 경력을 쌓고 나면 많은 이들에게 찾아오는 보편적인 고민이라는 점에서 무척 든든했다. 길고 긴 평생의 레이스에 좋은 응원이 된다.

『달리기를 말할 때 내가 하고 싶은 이야기』
무라카미 하루키 지음, 임홍빈 옮김, 문학사상, 2009

달리기의 기록은 바람과, 온도와, 신발과, 땅과, 몸의 컨디션 등 많은 것들의 조합의 결과라고 한다. 어떤 날은 기록이 좋을 수도, 또 어떤 날은 좋지 않을 수도 있다. 실패든 성공이든 수많은 달리기를 통해 기록에 대한 경험치를 쌓고, 그 경험에서 얻은 배움들이 쌓여 최종적으로는 스스로 납득할 수 있는 어딘가에 도착하는 것. 하루키가 말하는 이 '달리는 삶'에서 건강하게, 지속가능하게 '일하는 삶'을 배운다. 다시 일터로 돌아가면, 다시 트랙 위에 오른다면, 나는 매일 어떤 속도로, 얼마큼씩, 어떻게 뛸 것인가.

『비생산적인 생산의 시간』
김보라 지음, 스리체어스, 2018

무엇이든 만들어내기까지에는 불확실한, 혹은 성과가 보이지 않는 시간들이 존재한다. '취준생', '지망생'이라는 이름으로는 다 담기지 않는, 자신만의 세계를 쌓아가고 있는 이들의 분투를 담은 이야기이다. 그들의 답변마다 스며들어 있는 설익었지만 스스로에 대한 단단한 확신, 누가 말릴 수도 없는 그 일을 계속 하고 싶다는 열망이 일의 청춘기에 '이 일을 해도 되겠다, 이 일을 잘 할 수 있겠다'는 확신이 들었던 시절의 감각을 떠올리게 했다. 그 감각으로 여태껏 달려왔다는 사실도 함께. 『데뷔의 순간』과 함께 읽기에 좋다.

『아침의 피아노』
김진영 지음, 한겨레출판, 2018

암 선고를 받은 철학자가 병상에서 임종 직전까지 써내려간 메모의 모음. 사랑과 삶과 계절과 시간에 대한 아름다운 문장들이 이어진다. 패션 디자이너 이브 생 로랑 사후 이브 생 로랑의 사업 파트너이자 연인이었던 피에르 베르제가 쓴 연서 모음집 『나의 이브 생 로랑에게』(피에르 베르제 지음)와 더불어 큰 위로가 되었다.
번아웃과 우울의 가장 어두운 터널을 지날 때는 일에 대한 책이나 콘텐츠가 하나도 눈에 들어오지 않았다. 일이 설 삶의 자리가 없었다. 주변의 소중한 것들과 나 자신을 지탱해주는 가장 기본적인 가치들조차 잊곤 했다. 가장 어두운 순간에 쓰였기에, 가장 솔직하고 순수하게 소중한 것들에 대해 이야기하는 글들이 흔들리던 생의 기반을 다잡아주었다.

『원칙』
레이 달리오 지음, 고영태 옮김, 한빛비즈, 2018

세계적인 투자자이자 경영자 레이 달리오가 은퇴를 앞두고 공개한 자신만의 독특한 경영방식을 담은 책. 국내에서는 주로 창업가, CEO의 관점으로 해석되고 널리 읽혔으나 〈2부. 인생의 원칙〉과 〈3부. 일의 원칙〉은 중간관리자, 스타트업 혹은 작은 팀 구성원, 자기 일과 커리어를 주도적으로 만들어가고 싶은 사람들에게도 톡톡한 도움이 된다. 건강한 팀, 탁월한 리더십, 신뢰할 수 있는 동료란 무엇인지, 일하는 사람들이라면 누구에게나 필요한 '일과 삶의 원칙'에 대해 고민하고 학습하고, 또 현장에서 시도해보기 좋은 텍스트다. 다시금 트랙 위에 올라 예전처럼 달리고 싶다는 마음이 들었을 때, 내 일하는 마음을 예열시키는 데에 무척 도움이 되었다. 715페이지에 이르는 굉장히 두꺼운 벽돌 책이지만, 읽고 나면 일의 근육이 조금 더 단단해지는 것을 느낄수 있다. 사소한 팁이라면 혼자 읽을 때보다 동료들과 함께 읽을 때 훨씬 더 좋다는 것.

넷플릭스 오리지널 다큐멘터리 〈F1 : 본능의 질주〉

크리스천 베일과 맷 데이먼이 출연한 영화 〈포드 v 페라리〉를 보고 나
서 F1이 단순한 자동차 경기가 아니라, 최종적으로 '승부'를 이뤄내기
위해 수많은 사람이 각자의 자리에서 최고의 프로페셔널리즘을 발휘
하는 무대라는 것을 알게 됐다. 이들이 매 순간 몰입해서 일하는 모습,
실수를 빠르고 솔직하게 인정하는 모습, 오직 문제 해결을 위해 갈등
하고 불꽃 튀는 모습, 팀으로 승리하기 위해 스스로를 단련하는 모습
들은 최고의 동료들과 손발을 맞출 때의 감격을 다시 떠올리게 한다.
피트 스탑pit stop에서 수십 명의 크루가 한 팀으로 인간의 한계에 도전
하며 경기를 이어가기 위해 머신을 최상의 상태로 끌어올리는 장면은
하나의 예술 작품처럼 보이는 것과 동시에 팀워크의 궁극을 보여준다.

중국 북경BTV 드라마 〈막후지왕〉

무대 뒤의 제왕(영제 : Behind the Scenes)이라는 의미의 중국 드라마.
레거시 미디어에서 큰 성공을 거둔 프로듀서가 콘텐츠 산업과 엔터 산
업의 지각 변동 속에서 겪는 여러 우여곡절을 담았다. 어떤 환경 속에
서든 프로듀서라는 직업이 가진 일의 본질을 잘 부여잡고 있다면, 이
를 함께 공유할 수 있는 든든한 동료들이 있다면 계속해서 창작을 이
어갈 수 있다는 것을 배웠다. 나는 왜 계속해서 이야기를 기록하고 싶
은지, 왜 죽을 때까지 무언가를 만들고 싶은지, 내 일의 본질을 고민하
고, 내가 정말 즐거웠던 일의 순간들을 떠올릴 수 있었다.

유튜브 오리지널 다큐멘터리 〈Jay Park : Chosen1〉

박재범과 AOMG의 다큐멘터리. 17분짜리 영상 4편으로 이루어져 있
다. 박재범이 왜 AOMG를 시작했는지, 어떤 마음으로 AOMG를 이끌
고 있는지 진솔한 목소리와 흔들리지 않는 눈빛으로 훌륭하게 전달한
다. 내가 원하는 팀워크는 어떤 형태인지, 동료와 어떤 관계를 형성하
고 싶은지, 팀과 팀원과 본인을 모두 성공으로 이끄는 리더는 어떤 자
질을 지녀야 하는지, 나는 어떤 동료들에게 어떤 도움을 줄 수 있는지,
또 어떤 도움이 필요한지. 팀과 팀워크와 동료에 대해 고민하는 데에
무척 도움을 주었다.

다큐멘터리 〈파이널리스트〉

세계 3대 콩쿠르로 꼽히는 '퀸 엘리자베스' 콩쿠르의 2015년 결승전을 기록한 다큐멘터리. 전 세계에서 가장 훌륭한 바이올린 연주자 12명이 워털루의 퀸 엘리자베스 채플에 모여 8일간 하숙하며 결승전을 치른다. 아름다운 바이올린 선율을 기대하고 본 영화의 절반이 넘도록 파이널리스트들이 겪는 고통의 순간들이 묘사된다. 그 순간을 뚫고 초인적으로 우승하는 것도 멋졌지만 한 시절을 온전히 겪어내는 것에 더 큰 의미를 부여할 수 있게 되었다. 실제로 세계적 솔리스트가 된 우승자 외에 다른 파이널리스트들 역시 이후 자기만의 커리어를 탄탄히 만들어가고 있어, 이들의 궤적을 추적하는 것만으로도 큰 영감을 얻었다. 일생일대의 기회, 자리, 순간, 혹은 시절은 다음이 있을 수도 있고, 또 다음이 없을 수도 있다. 다만 지금 내가 할 수 있는 것을 하면, 언젠가 어떠한 형태의 다음이 있다고 믿는 수밖에. 다음이 있다고 믿어야 두려움을 이겨내고 지금 내가 해야 하는 일을 할 수 있을 테니까.

나영석 지음, 『나영석 피디의 어차피 레이스는 길다』(문학동네, 2018)

고레에다 히로카즈 지음, 이지수 옮김, 『영화를 찍으며 생각한 것』(바다출판사, 2017)

제현주 지음, 『내리막 세상에서 일하는 노마드를 위한 안내서』(어크로스, 2019)

다비드 르 브르통 지음, 김화영 옮김, 『걷기예찬』(현대문학, 2002)

김지언, 노영은 지음, 『마음도 운동이 필요해』(휴머니스트, 2020)

아키코 히가시무라 지음, 정은서 옮김, 『그리고, 또 그리고』(애니북스, 2014)

한국영화감독조합 지음, 주성철 엮음, 『데뷔의 순간』(푸른숲, 2014)

김연수 지음, 『소설가의 일』(문학동네, 2014)

김소연 지음, 『마음사전』(마음산책, 2008)

하정우 지음, 『걷는 사람, 하정우』(문학동네, 2018)

전미경 지음, 『나를 아프게 하지 않는다』(지와인, 2019)

김영하 지음, 『여행의 이유』(문학동네, 2019)

무라카미 하루키 지음, 임홍빈 옮김, 『달리기를 말할 때 내가 하고 싶은 이야기』(문학사상, 2009)

바바 마사타카, 하야시 아쓰미, 요시자토 히로야 지음, 정문주 옮김, 『도쿄 R부동산은 이렇게 일 합니다』(정예서, 2020)

박보나 지음, 『태도가 작품이 될 때』(바다출판사, 2019)

에이미 월러스, 에드 캣멀 지음, 윤태경 옮김, 『창의성을 지휘하라』(와이즈베리, 2014)

츠즈키 쿄이치 지음, 김혜원 옮김, 『권외편집자』(컴인, 2019)

리베카 솔닛 지음, 설준규 옮김, 『어둠 속의 희망』(창비, 2017)

드라마 〈그들이 사는 세상〉
영화 〈포드 v 페라리〉
넷플릭스 다큐멘터리 〈F1: 본능의 질주〉
드라마 〈그레이 아나토미〉
뮤직비디오 〈How You Like That〉
넷플릭스 다큐멘터리 〈BLACKPINK: LIGHT UP THE SKY(세상을 밝혀라)〉

Editor's letter

이 책은 일에 관한 책입니다. 일을 잘하는 법이 아니라, 일을 멈추는 법을 담았습니다. 이 책은 열정에 관한 책입니다. 타오르는 불이 아니라, 그 불이 꺼진(burn out) 후 다시 일어서기 위한 시간에 관한 이야기입니다. 그 시간, 갭이어를 저자는 "타인의 삶의 속도와 방향에 치여 잃어버린 나의 중심을 회복하는 시간(p.25)"이라고 말합니다. 지금 일과 삶에서 '영점조절'이 필요하다고 느끼는 분들께 꼭 일독을 권하고 싶습니다. **민**

작가님의 '일의 한여름과 한겨울'을 모두 지켜보았습니다. 한여름의 반짝거리는 눈도(비유가 아니라, 정말 반짝거렸어요) 한겨울의 생각과 감정을 꺼내며 찍던 말의 쉼표도 모두 김진영이라는 사람이었습니다. 일의 어느 계절에 있든 '나'라는 사람은 지워지지도 않고, 지울 수도 없다는 걸 한겨울을 보내고 있는 주민님들께 전하고 싶었습니다. 계절이 변할 뿐, 우리는 그대로예요. **희**

좋아하는 일을 하는 마음에 자꾸 브레이크가 걸릴 때가 있죠. 이럴 때 꼭 필요한 책이에요. 나와 같은 마음을 느꼈던 사람들의 이야기를 들어보세요. 잠시 멈추고 멀리 떨어져서 바라보면 어느새 나다운 마음을 되찾을 수 있을 거예요. **현**

누가 꿈이 뭐냐고 물으면, "누워 있는 거요"라고 답하곤 했습니다. 스스로도 실없는 소리다 싶었는데, 갭이어를 알고부터는 오래오래 잘 걷고 또 뛰려면 잘 누워 있기도 해야 하지 않을까! 하고 마음이 바뀌었답니다. 그리고 보니 제 꿈도 꽤 폼나는 꿈일지 모르겠네요. **령**

우리는 아직
무엇이든 될 수 있다

1판 1쇄 발행일 2022년 1월 25일 | **1판 5쇄 발행일** 2024년 7월 15일

지은이 김진영
발행인 김학원
발행처 (주)휴머니스트출판그룹
출판등록 제313-2007-000007호(2007년 1월 5일)
주소 (03991) 서울시 마포구 동교로23길 76(연남동)
전화 02-335-4422   **팩스** 02-334-3427
저자 · 독자 서비스 humanist@humanistbooks.com
홈페이지 www.humanistbooks.com
시리즈 홈페이지 blog.naver.com/jabang2017
디자인 스튜디오 고민   **용지** 화인페이퍼   **인쇄** 삼조인쇄   **제본** 해피문화사

자기만의 방은 (주)휴머니스트출판그룹의 지식실용 브랜드입니다.

ⓒ 김진영, 2022
ISBN 979-11-6080-797-4 03810

폴인 스토리북
일하는 사람의 갭이어

Gap Year